U0026532

# 射鵰英雄傳

第四卷

## 九陰眞經

宋官印：「鄜延路兵馬鈐轄之印」。宋代「鈐轄」總管軍旅、屯戍、營房、守禦之政令，相當於今軍區司令。

金官印：「多乭摑山謀克之印」。「謀克」是金軍的軍官名稱，約相當於今之團營長；有時為民政官，相當於縣長。

金官印：「行軍第三萬戶之印」，鑄於明昌七年，早於郭靖誕生四年。於郭靖之時此印自必仍在使用。「萬戶」是軍長、總司令級的高級軍官。

金國文字篆書官印。

岳飛官印：杭州岳忠武墓祠藏，印文為「武勝定國軍節度使開府儀同三司湖北京西路宣撫使兼營田大使岳飛印」。岳飛任此官職時年三十七歲。

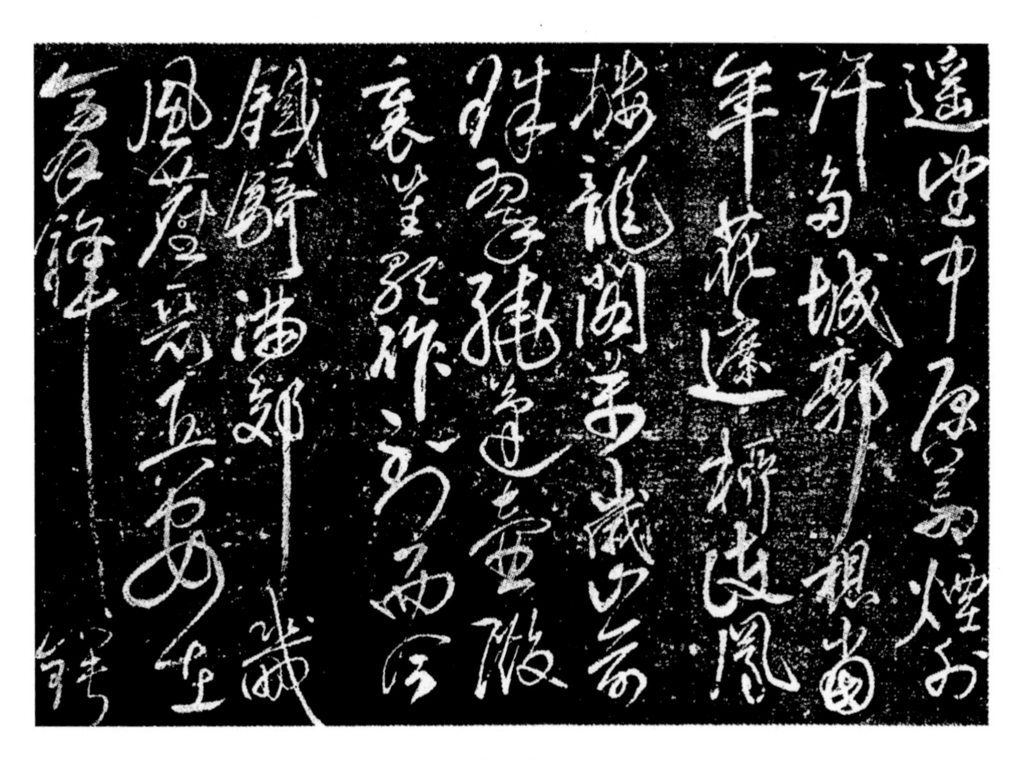

岳飛遺墨

飛咨目啓上
通判學士，比日伏惟起居佳勝。
承
惠[illegible][illegible]，感當，但披[illegible]領之
加[illegible]，僕
寵渥，凡百切[illegible][illegible]力王事可望
不宣。　飛咨目再拜

通判閣下　[illegible]學士　飛[illegible][illegible]　[illegible]井
累為[illegible]僕[illegible][illegible]之便，如長沙矣
此有所需示及　飛再拜
平靈勇字記甚佳，可勒諸
石，但已情之譽為[illegible][illegible]
殊拙，所宜當[illegible]反[illegible]
飛再拜

岳飛尺牘三通：宋時收入秘帖，清書法家王鐸獲原搨摹勒流傳，後刻於岳飛廟壁。

岳飛像：原藏故宮。

齊白石「鐵拐李」(好像是洪七公)

唐寅「震澤烟樹」：震澤即太湖。

唐寅「採藥圖」(好像是黃藥師)

梁楷「潑墨仙人」：梁楷，宋寧宗嘉泰年間畫院待詔，是與郭靖同時代的人物，善畫人物，筆畫淋漓，用筆草草，稱為「減筆」。

梁楷「六祖圖」：現藏日本松本清亮伯爵家。

大字版

# 射鵰英雄傳

④九陰眞經

金庸

大字版金庸作品集⑫

# 射鵰英雄傳 (4)九陰眞經 「公元2003年金庸新修版」

*The Eagle-shooting Heroes, Vol. 4*

---

**作　　者**／金　庸

*本書由明河社出版有限公司授權遠流出版公司在臺灣地區出版發行。
封面設計／唐壽南　內頁插畫／姜雲行

---

**發 行 人**／王　榮　文
**出版・發行**／遠流出版事業股份有限公司
臺北市中山北路一段11號13樓
**電話**／2571-0297　**傳真**／2571-0197　**郵撥**／0189456-1

---

□2003年8月1日　初版一刷
□2024年8月1日　二版十刷

大字版　每冊 *380* 元（本作品全八冊，共3040元）

〔另有典藏版共36冊（不分售），平裝版共36冊，新修版共36冊，新修文庫版共72冊〕

---

ISBN　978-957-32-8121-4（**套：大字版**）
ISBN　978-957-32-8116-0（**第四冊：大字版**）
Printed in Taiwan

---

**YLib 遠流博識網**
http://www.ylib.com　E-mail:ylib@ylib.com

# 目錄

棺蓋應聲而起，原來竟未釘實。棺材中並沒殭屍，竟是個美貌少女，一雙點漆般眼珠睜得大大的，卻是穆念慈。楊康驚喜交集，忙伸手將她扶起。

# 第十六回　九陰眞經

郭黃二人自程府出來，累了半夜，正想回客店安歇，忽聽馬蹄聲響，一騎馬自南而北奔來，正漸漸馳近，蹄聲斗然停息。黃蓉心道：「又有了甚麼奇事？倒也熱鬧。」快步過去，要瞧個究竟，郭靖也就跟在身後。走到臨近，都頗出於意外，只見楊康牽著一匹馬，站在路旁正和歐陽克說話。兩人不再近前。黃蓉想聽他說些甚麼，但隔得遠了，兩人說話聲音又低，只聽到歐陽克說甚麼「岳飛」「臨安府」，楊康說「我爹爹」，再想聽仔細時，見歐陽克一拱手，帶著衆姬投東去了。

楊康站在當地呆呆出了一會神，嘆了一口長氣，翻身上馬。郭靖叫道：「賢弟，我在這裏。」楊康聽得郭靖叫喚，吃了一驚，下馬過來，道：「大哥，你也在這兒？」郭靖道：「我在這兒遇到黃姑娘，又跟那歐陽克打了一架，是以耽擱了。」楊康臉上一陣熱，心中忐忑不安，不知自己適才與歐陽克說話，是否已給兩人聽到，瞧郭靖臉色無異，心下稍安，尋思：「這人不會裝假，要是聽見了我的話，不會仍這般對我。」問道：「大哥，今晚咱們再趕路呢，還是投宿？黃姑娘也跟咱們同上中都去嗎？」從此處更向北行，過得楚州，渡過淮河，便入金人所管的地界了。

黃蓉道：「不是我跟你們，是你跟我們。」郭靖笑道：「那又有甚麼分別？咱們同到那祠堂去歇歇，明兒晚上要吃了丐幫的酒才走。」黃蓉在他耳邊悄聲道：「你別問他跟歐陽克說些甚麼，假裝沒瞧見便是。」郭靖點了點頭。

三人回到祠堂，點亮了蠟燭。黃蓉手持燭台，把剛才發出的鋼針一枚枚撿起。

此時天氣炎熱，三人各自卸下門板，放在庭前廊下睡了。剛要入夢，遠處一陣馬蹄聲隱隱傳來，側耳傾聽，只聽得奔馳的非止一騎。又過一陣，蹄聲漸響，黃蓉道：「前面三人，後面似有十多人在追趕。」郭靖自小在馬背上長大，馬匹多少一聽便知，說道：「追的共有一十六人，咦，這倒奇了！」黃蓉忙問：「怎麼？」郭靖道：「前面三騎是蒙古馬，後面追的卻又不是。怎麼大漠中的蒙古馬跑到了這裏？」

黃蓉拉著郭靖的手走到祠堂門外，只聽得颼的一聲，一枝羽箭從兩人頭頂飛過，三騎馬已奔到祠前。忽然後面追兵一箭飛來，射中了最後一騎馬臀，那馬長聲悲嘶，前腿跪倒。馬上乘客縱躍下馬，身手矯健，只是落地步重，卻不會輕功。其餘二人勒馬相候。落地的那人道：「我沒事，你們快走，我在這裏擋追兵。」另一人道：「我助你擋敵，四王子快走。」那四王子道：「那怎麼成？」三人說的都是蒙古話。

郭靖聽著聲音好熟，似是拖雷、哲別和博爾忽的口音，大是詫異：「他們到這裏幹甚麼？」正想出聲招呼，追騎已圍將上來。

三個蒙古人發箭阻敵，出箭勁急，追兵不敢十分逼近，只遠遠放箭。一個蒙古人叫道：「上去！」手向旗桿一指。三人爬入旗斗，居高臨下，頗佔形勢。追兵紛紛下馬，四面圍住。只聽得有人發令，便有四名追兵高舉盾牌護身，著地滾去，揮刀砍斬旗桿。

黃蓉低聲道：「你錯啦，只有十五人。」郭靖道：「錯不了，有一個給射死了。」語音甫畢，只見一匹馬慢慢踱過來，一人左足嵌在馬鐙之中，給馬匹在地下拖曳而行，一枝長箭插在那人胸口。郭靖伏在地下爬近屍身，拔出羽箭，在箭桿上一摸，果然摸到包著一圈熟鐵，鐵上刻了一個豹頭，正是神箭手哲別所用的硬箭，比尋常羽箭要重二兩。郭靖再無懷疑，叫道：「上面是哲別師傅、拖雷義弟、博爾忽師傅嗎？我是郭靖。」

旗斗中三人歡呼叫道：「是啊，你怎麼在這裏？」郭靖叫道：「甚麼人追你們？」拖雷道：「金兵！」郭靖舉起那金兵屍身，搶上幾步，用力向旗桿腳下擲去。那屍身撞倒了兩兵，餘下兩兵不敢再砍旗桿，逃了回來。

突然半空中白影閃動，兩頭白色大鳥直撲下來。郭靖聽得翅翼撲風之聲，抬起頭來，見到正是自己在蒙古與華箏所養的兩頭白鵰，雙鵰眼光銳敏之極，雖在黑夜也已認出主人，歡聲啼叫，撲下來停在郭靖肩上。

黃蓉初與郭靖相識，即曾聽他說起過射鵰、養鵰之事，好生羨慕，常想他日必當到大漠去，也養一對鵰兒玩玩，這時忽見白鵰，不顧追兵已經迫近，叫道：「給我玩！」伸手就去撫摸白鵰的羽毛。那頭白鵰見黃蓉的手摸近，突然低頭，一口啄將下來，若非她手縮得快，手背已然受傷。郭靖急忙喝止。黃蓉笑罵：「你這扁毛畜生好壞！」但究竟喜歡，側了頭觀看。忽聽郭靖叫道：「蓉兒，留神！」兩枝勁箭當胸射來，黃蓉不加理會，伸手去搜那被箭射死的金兵身邊。兩枝箭射在她身上，那裏透得入軟蝟甲去，斜斜跌在腳旁。黃蓉在金兵懷裏摸出幾塊乾肉，去餵那鵰兒。

郭靖道：「蓉兒，你玩鵰兒吧，我去殺散金兵！」縱身出去，接住向他射來的一箭，左掌翻處，喀喇一聲，已打折了身旁一名金兵的胳膊。黑暗中一人叫道：「那裏來的狗賊在這裏撒野？」說的竟是漢語。郭靖一呆，心想：「這聲音好熟。」金刃劈風，兩柄短斧已砍到面前，一斬前胸，一斬小腹。

郭靖見來勢兇狠，不是尋常軍士，矮身反打出掌，正是一招「神龍擺尾」。那人肩頭中掌，肩胛骨立時碎成數塊，身子向後直飛出去，只聽他大聲慘叫，郭靖登時想起：「這是黃河四鬼中的喪門斧錢青健。」他雖自知近數月來功力大進，與從前在蒙古對戰黃河四鬼時已大不相同，但也想不到這一掌出去，竟能將對方擊得飛出丈許，剛自錯愕，左右金刃之聲齊作，一刀一槍同時砍到。

郭靖原料斷魂刀沈青剛、追命槍吳青烈必在左近，右手反鉤，已抓住刺向脅下的槍頭迴扯，吳青烈立足不定，直跌過來。郭靖稍向後縮，沈青剛這一刀正好便砍向師弟腦門。郭靖飛起左腿，踢中沈青剛右腕，黑夜中青光閃動，一柄長刀直飛起來。郭靖救了吳青烈一命，順手在他背上按落。吳青烈本已站立不穩，再給他借勁按捺，咚的一聲，師兄弟相互猛撞，都暈了過去。

黃河四鬼中的奪魄鞭馬青雄混入太湖盜幫，已爲陸冠英與盜幫殺死，餘下這三鬼正是這一隊追兵中的好手。黑暗之中，衆金兵沒見到三個首領俱已倒地，尚在與拖雷、哲別、博爾忽箭戰。郭靖喝道：「還不快走，都想死在這裏麼？」搶上去拳打腳踢，又提人丟擲，片刻之間，將衆金兵打得魂飛魄散，四下裏亂逃。沈青剛與吳青烈先後醒來，也沒看清對頭是誰，只覺頭痛欲裂，眼前金星飛舞，撒腿就跑。兩人竟背道而馳，喪門斧錢青健口中哼哼唧唧，腳下倒是飛快，奔的卻又是另一個方向。

哲別與博爾忽箭法厲害，從旗斗之中颼颼射將下來，又射死三名金兵。拖雷俯身下望，見義兄郭靖趕散追兵，威不可當，十分歡喜，叫道：「安答，你好！」抱著旗桿溜下地來。兩人執手相視，一時都高興得說不出話。接著哲別與博爾忽也從旗斗中溜下。

哲別道：「那三個漢人以盾牌擋箭，傷他們不得。若非靖兒相救，我們再也喝不到斡難河的清水了。」

郭靖拉著黃蓉的手過來與拖雷等相見，道：「這是我義妹。」黃蓉笑問：「這對白鵰送給我，行不行？」拖雷不懂漢語，帶來的通譯又在奔逃時給金兵殺了，只覺黃蓉聲音清脆，說得好聽，卻不知其意。

郭靖問拖雷道：「安答，你怎麼帶了白鵰來？」拖雷道：「爹爹命我去見宋朝皇帝，相約南北出兵，夾攻金國。妹子說或許我能和你遇上，要我帶了鵰兒來給你。她猜得對，這可不是遇上了嗎？」

郭靖聽他提到華箏，不禁一呆。他自與黃蓉傾心相愛，有時想起華箏，心頭自覺不妥，只此事不知如何處理，索性撇在一旁，不敢多想，這時聽了拖雷之言，登時茫然，隨即心想：「反正一月之內，我有桃花島之約，蓉兒的父親非殺我不可，這一切都顧不得了。」向黃蓉道：「這對白鵰是我的，就送給你啦！」黃蓉大喜，轉身又去拋肉餵鵰。

拖雷說起緣由。原來成吉思汗攻打金國獲勝，但金國地大兵衆，多年經營，基業甚固，死守住數處要塞，蒙古兵衝擊不過，一時也奈何不得。於是成吉思汗派遣拖雷南來，要聯絡宋朝出兵，南北夾攻，途中遇到大隊金兵阻攔，從人衛兵都給殺盡，只賸下三人逃到這裏。

郭靖想起當日在歸雲莊中，曾聽楊康要穆念慈到臨安去見史彌遠丞相，請他殺害蒙古使者，當時不明其中緣故，這時才知金國得到了訊息，命楊康爲大金欽使南來，便爲了阻止宋朝與蒙古結盟聯兵。

拖雷又道：「金國說甚麼都要殺了我，免得蒙古與宋朝結盟成功，這次竟是六王爺親自領人阻攔。」郭靖忙問：「完顏洪烈？」拖雷道：「是啊，他頭戴金盔，我瞧得很清楚，可惜向他射了三箭，都給他衞士用盾牌擋開了。」

郭靖大喜，叫道：「蓉兒、康弟，完顏洪烈到了這裏，快找他去。」黃蓉應聲過來，卻不見楊康的影蹤。郭靖心急，叫道：「蓉兒，你向東，我向西。」兩人展開輕功，如飛趕將下去。郭靖追出數里，趕上了幾名敗逃的金兵，抓住一問，果是六王爺完顏洪烈親自率隊，卻不知他這時在那裏。一名金兵道：「我們丟了王爺私逃，回去也得殺頭，大夥只好逃到四鄉，躲起來扮漢人做老百姓了。」

郭靖回頭再尋，天色漸明，那裏有完顏洪烈的影子？明知殺父仇人便在左近，卻找尋不到，好生焦躁，一路急奔，突見前面林子中白影閃動，正是黃蓉。兩人見了面，眼瞧對方神色，自是無功，只得同回祠堂。

拖雷道：「完顏洪烈帶的人馬本來不少，他快馬追趕我們，離了大隊，這時必是回去增帶人馬再來。安答，我有父王將令在身，不能延擱，咱們就此別過。我妹子叫我帶話給你，要你儘早回蒙古去。」

郭靖心想這番分別，只怕日後難再相見，心下淒然，與拖雷、哲別、博爾忽三人逐一擁抱作別，眼看著他們上馬而去，蹄聲漸遠，人馬的背影終於在黃塵中隱沒。

黃蓉道：「咱們躲將起來，等候完顏洪烈領了人馬過來。要是他人馬衆多，咱倆便悄悄躡著，到晚上再去結果他性命，豈不是好？」郭靖大喜，連稱妙策。黃蓉甚是得意，笑道：「這是個『移岸就船』之計，也只尋常。」

郭靖道：「我去將馬匹牽到樹林子中隱藏起來。」走到祠堂後院，忽見青草中有物金光燦爛，在朝陽照射下閃閃發光，俯身看時，卻是一頂金盔，盔上還鑲著三粒龍眼般大的寶石。郭靖伸手拾起，飛步回來，悄聲對黃蓉道：「你瞧這是甚麼？」黃蓉喜道：「完顏洪烈的金盔？」郭靖道：「正是！多半他還躲在這祠堂裏，咱們快搜。」

黃蓉回身反手，在短牆牆頭上按落借力，輕飄飄的騰空而起，叫道：「我在上面瞧著，你在底下搜。」郭靖應聲入內。黃蓉在屋頂上叫道：「剛才我這一下輕功好不好？」郭靖一呆，停步道：「好得很！怎樣？」黃蓉笑道：「怎麼你不稱讚？」郭靖道：「唉，我沒一個時辰心裏不在讚你。」黃蓉咭的一聲笑，手一揚，奔向後院。

楊康當郭靖與金兵相鬥之際，黑暗中已看出了完顏洪烈的身形，這時雖已知自己非他親生，但受他養育十餘載，一直當他父親，而且日後富貴榮華，都要依靠於他，眼見郭靖殺散金兵，完顏洪烈只要給他瞧見，那裏還有性命？情勢緊急，不暇多想，縱身出去要設法相救，正在此時，郭靖提起一名金兵擲了過來。完顏洪烈忙勒馬閃避，卻沒能讓開，給金兵撞下馬來。楊康躍過去搶前抱起，在完顏洪烈耳邊輕聲道：「父王，是康兒，別作聲。」郭靖正鬥得性起，黃蓉又在調弄白鵰，黑夜中竟沒人見到他抱著完顏洪烈走向祠堂後院。

楊康推開西廂房的房門，兩人悄悄躲著。耳聽得殺聲漸隱，衆金兵四下逃散，又聽得三個蒙古人嘰哩咕嚕的與郭靖說話。完顏洪烈如在夢中，低聲道：「康兒，你怎麼在這裏？」楊康道：「那也當眞湊巧，唉，都是給這姓郭的壞了大事。」

過了一會，完顏洪烈聽得郭靖與黃蓉分頭出去找尋自己，剛才他見到郭靖空手擊打黃河三鬼與衆金兵，出手凌厲，若給他發現，那還得了？思之不寒而慄。楊康道：「父王，這時出去，只怕給他們撞見了。咱們躲在這裏，這幾人必然料想不到。待他們走遠，再慢慢出去。」完顏洪烈道：「不錯……康兒，你怎麼叫我『父王』，不叫『爹』了？」楊康默然不語，想起故世的母親，心中思潮起伏。完顏洪烈緩緩的道：「你在想你媽，是不是？」伸手握住他手，只覺他掌上冰涼，全是冷汗。

楊康輕輕掙脫了，道：「這郭靖武功了得，他要報殺父之仇，決意要來害您。他結識的高手很多，您實在防不勝防。在這半年之內，您別回中都罷。」完顏洪烈想起十九年前臨安牛家村的往事，不由得一陣心酸，一陣內疚，一時說不出話來，過了良久才道：「唔，避一避也好。你到臨安去過了麼？史丞相怎麼說？」楊康冷冷的道：「我還沒去過。」

完顏洪烈聽了他語氣，料他必定已知自己身世，可是這次又是他出手相救，不知他有何打算。兩人十八年來父慈子孝，親愛無比，這時同處斗室，忽然想到相互間卻有深恨血仇。楊康更心中交戰：「這時只須反手幾拳，立時就報了我父母之仇，但怎下得了手？那楊鐵心雖是我的生父，他又給我過甚麼好處？媽媽平時待父王也很不錯，我若此時殺他，媽媽在九泉之下，也不會歡喜。再說，難道我眞的就此不做王子，和郭靖一般的流落草莽麼？」正自思潮起伏，只聽得完顏洪烈道：「康兒，你我父子一場，不管如何，你永遠是我的愛兒。大金國不出十年，必可滅了南朝。那時我大權在手，富貴不可限量，這錦繡江山，花花世界，日後終究盡都是你的了。」

楊康聽他言下之意，竟有篡位之意，想到「富貴不可限量」這六個字，心中怦怦亂跳，暗想：「以大金國兵威，滅宋非難。蒙古只一時之患，這些只會騎馬射箭的蠻子終究成不了氣候。父王精明強幹，當今金主那能及他？大事若成，我豈不成了天下的共主？」想到此處，不禁熱血沸騰，伸手握住了完顏洪烈的手，說道：「爹，孩兒必當輔你以成大業。」完顏洪烈覺得他手掌發熱，心中大喜，道：「我做李淵，你做李世民罷。」

楊康正要答話，忽聽得身後喀的一響。兩人嚇了一跳，急忙轉身，這時天色已明，窗格子中透進亮光，只見房中擺著七八具棺材，原來那是祠堂中停厝族人未曾下葬的棺木和壽材空棺之所。聽適才的聲音，竟像是從棺材中發出來的。

完顏洪烈驚道：「甚麼聲音？」楊康道：「準是老鼠。」只聽得郭靖與黃蓉一面笑語，搜尋進來。楊康暗叫：「不妙！原來爹爹的金盔落在外面！這一下可要糟糕。」低聲道：「我去引開他們。」輕輕推開了門，縱身上屋。

黃蓉一路搜來，忽見屋角邊人影一閃，喜道：「好啊，在這裏了！」撲將下去。那人身法好快，在牆角邊一鑽，已不見了蹤影。郭靖聞聲趕來，黃蓉道：「他逃不了，必定躲在樹叢裏。」兩人正要趕入樹叢中搜尋，突然忽喇一聲，小樹分開，竄出一人來，卻是楊康。

郭靖又驚又喜，道：「賢弟，你到那裏去了？見到完顏洪烈麼？」楊康奇道：「完顏洪烈怎麼在這裏？」郭靖道：「是他領兵來的，這頂金盔就是他的。」楊康道：「啊，原來如此。」黃蓉見他神色有異，又想起先前他跟歐陽克鬼鬼祟祟的說話，登時起疑，問道：「咱們剛才到處找你不著，你到那裏去了？」楊康道：「昨天我吃壞了東西，忽然肚子痛，內急起來。」說著向小樹叢一指。黃蓉雖疑心未消，但也不便再問，也不願去搜他剛才大解過的處所。

郭靖道：「賢弟，快搜。」楊康心中著急，不知完顏洪烈已否逃走，臉上卻不動聲色，說道：「他自己要來送死，眞再好也沒有了。你和黃姑娘搜東邊，我搜西邊。」郭靖道：「好！」當即去推東邊「節孝堂」的門。黃蓉道：「楊大哥，我瞧那人必定躲在西邊，我跟著你去搜罷。」楊康暗暗叫苦，只得假裝欣然，說道：「快來，別讓他逃走了。」兩人一間間屋子挨著搜去。

寶應劉氏在宋代原是大族，這所祠堂規模本來頗爲宏大，自金兵數次渡江，戰火橫燒，鐵蹄踐踏，劉氏式微，祠堂也就破敗了。黃蓉冷眼相覷，見楊康專揀門口塵封蛛結的房間進去慢慢搜檢，更明白了幾分，待到西廂房前，見地下灰塵中足跡雜亂，門上原本積塵甚厚，也看得出有人新近推門關門的手印，立時叫道：「在這裏了！」

這四字一呼出，郭靖與楊康同時聽見，一個大喜，一個大驚，同時奔到。黃蓉飛腳將門踢開，不由得一怔，見屋裏放著不少棺材，那裏有完顏洪烈的影子？楊康見完顏洪烈已經逃走，心中大慰，搶在前面，大聲喝道：「完顏洪烈你這奸賊躲在那裏？快給我滾出來。」黃蓉笑道：「楊大哥，他早聽見咱們啦，您不必給他報訊。」楊康給她說中心事，臉上一紅，怒道：「黃姑娘開甚麼玩笑？」

郭靖笑道：「賢弟不必介意，蓉兒最愛鬧著玩。」向地下一指，說道：「你瞧，這裏有人坐過的痕跡，他果眞來過。」黃蓉道：「快追！」剛自轉身，忽然後面咯的一聲響，三人嚇了一跳，一齊回頭，只見一具棺材正自微微晃動。黃蓉向來最怕棺材，在這房中本已周身不自在，忽見棺材晃動，「啊」的一聲叫，緊緊拉住郭靖手臂。她心中雖怕，腦子卻轉得快，顫聲道：「那奸賊……奸賊躲在棺材裏。」

楊康突然向外一指，道：「啊，他在那邊！」搶步出去。黃蓉反手一把抓住了他脈門，冷笑道：「你別弄鬼。」楊康只感半身酸麻，動彈不得，急道：「你……你幹甚麼？」

郭靖喜道：「不錯，那奸賊定是躲在棺材裏。」大踏步上去，要開棺揪完顏洪烈出來。

楊康叫道：「大哥小心，莫要是殭屍作怪。」黃蓉將抓著他的手重重一摔，恨道：「你還要嚇我！」她料知棺材中必是完顏洪烈躲著，但她總是膽小，生怕萬一眞是殭屍，那可怎麼辦？顫聲道：「靖哥哥，慢著。」郭靖停步回頭，說道：「怎麼？」黃蓉道：「你快按住棺材蓋，別讓裏面……裏面的東西出來。」郭靖笑道：「那裏會有甚麼殭屍？」眼見黃蓉嚇得玉容失色，便縱身躍上棺材，安慰她道：「他爬不出來了！」

黃蓉惴惴不安，微一沉吟，說道：「靖哥哥，我試一手劈空掌給你瞧瞧。是殭屍也好，完顏洪烈也好，我隔著棺材劈他幾掌，且聽他是人叫還是鬼哭！」說著一運勁，踏上兩步，發掌便要往棺上劈去。她劈空掌並未練成，論功夫遠不及陸乘風，因此上這一掌逕擊棺木，卻非淩空虛劈。楊康大急，叫道：「使不得！你劈爛了棺材，殭屍探頭出來，咬住了你手，那可糟了！」

黃蓉給他嚇得打個寒噤，凝掌不發，忽聽得棺中「嚶」的一聲，卻是女人聲音。黃蓉更是毛骨悚然，驚叫：「是女鬼！」忙不迭躍出房外，叫道：「快出來！」

郭靖膽大，叫道：「楊賢弟，咱們掀開棺蓋瞧瞧。」楊康本來手心中揑著一把冷汗，要想出手相救，卻又自知不敵郭黃二人，正自為難，忽聽棺中發出女子聲音，不禁又驚又喜，搶上伸手去掀棺材蓋，格格兩聲，二人也未使力，棺蓋便應聲而起，原來竟未釘實。

郭靖早已運勁於臂，只待殭屍暴起，當頭一拳，打她個頭骨碎裂，一低頭，大吃一驚，棺中並非殭屍，竟是個美貌少女，一雙點漆般眼珠睜得大大的望著自己，再定睛看時，卻是穆念慈。楊康驚喜交集，忙伸手將她扶起。

郭靖叫道：「蓉兒，快來，你瞧是誰？」黃蓉轉身閉眼，叫道：「我才不來瞧呢！」郭靖叫道：「是穆家姊姊啊！」黃蓉左眼仍是閉著，只睜開右眼，遙遙望去，果見楊康抱著一個女子，身形正是穆念慈，當即放心，一步一頓的走進屋去。那女子卻不是穆念慈是誰？只見她神色憔悴，淚水似兩條線般滾了下來，身子卻動彈不得。

黃蓉忙給她解開穴道，問道：「姊姊，你怎麼在這裏？」穆念慈穴道閉得久了，全身酸麻，慢慢調勻呼吸，黃蓉幫她在關節之處按摩。過了一盞茶時分，穆念慈才道：「我給壞人拿住了。」黃蓉見她被點的主穴是足底心的「湧泉穴」，中土武林人物極少出手點閉如此偏異的穴道，已自猜到了八九分，問道：「是那個壞蛋歐陽克麼？」穆念慈點了點頭。

那日她爲楊康去向梅超風傳訊，在骷髏頭骨旁給歐陽克擒住，點了穴道。其後黃藥師吹奏玉簫給梅超風解圍，歐陽克的衆姬妾和三名蛇奴在簫聲下暈倒，歐陽克狼狽逃走。次晨衆姬與蛇奴先後醒轉，見穆念慈兀自臥在一旁動彈不得，帶了她來見主人。歐陽克數次相逼，她始終誓死不從。歐陽克自負才調，心想以自己之風流俊雅，絕世武功，時候一久，再貞烈的女子也會傾心，倘若用武動蠻，未免有失白駝山少主的身分了。幸而他這一自負，穆念慈才得保清白。來到寶應後，歐陽克將她藏在劉氏宗祠的空棺之中，派出衆姬妾到各處大戶人家探訪美色，相準了程大小姐，卻爲丐幫識破，至有一番爭鬥。歐陽克匆匆而去，不及將穆念慈從空棺中放出，他劫掠的女子甚多，也不放在心上。若非郭靖等搜尋完顏洪烈，她不免活生生餓死在這空棺之中了。

楊康乍見意中人，實爲意想不到之喜，神情著實親熱，說道：「妹子，你歇歇，我去燒水給你喝。」黃蓉笑道：「你會燒甚麼水？我去。靖哥哥，跟我來。」她有心讓兩人一傾相思之苦。那知穆念慈板起了一張俏臉，竟毫無笑容，說道：「慢著。姓楊的，恭喜你日後富貴不可限量啊。」楊康登時滿臉通紅，背脊上卻感到一陣涼意：「原來我跟父王在這裏說的話，都教她聽見啦。」一時不知如何是好。

穆念慈看到他一副狼狽失措的神態，心腸軟了，不忍說出他放走完顏洪烈，只怕郭黃一怒，後果難料，只冷冷的道：「你叫他『爹』不挺好麼？這可親熱得多，幹麼要叫『父王』？」楊康低下了頭不說話。

黃蓉不明就裏，只道這對小情人鬧彆扭，定是穆念慈怨楊康沒及早相救，累得她如此狼狽，拉拉郭靖衣襟，低聲道：「咱們出去，保管他倆馬上就好。」郭靖一笑，隨她走出。黃蓉走到前院，悄聲道：「去聽聽他們說些甚麼。」郭靖笑道：「別胡鬧啦，我才不去。」黃蓉道：「好，你不去別後悔，有好聽的笑話兒，回頭我可不對你說。」躍上屋頂，悄悄走到西廂房頂上，只聽得穆念慈在厲聲斥責：「你認賊作父，還可說是顧念舊情，一時心裏轉不過來。那知你竟存非份之想，還要滅了自己的父母之邦，這……這……」說到這裏，氣憤塡膺，再也說不下去。楊康柔聲笑道：「妹子，我……」穆念慈喝道：「誰是你的妹子？別碰我！」啪的一聲，想是楊康臉上吃了一記。

黃蓉一愕：「打起架來了，可得勸勸。」翻身穿窗而入，笑道：「啊喲，有話好說，別動蠻。」只見穆念慈雙頰脹得通紅，楊康卻臉色蒼白。

黃蓉正要開口說話，楊康叫道：「好哇，你喜新棄舊，心中有了別人，就對我這樣。」穆念慈怒道：「你……你說甚麼？」楊康道：「你跟了那姓歐陽的，人家文才武功，無不勝我十倍，你那裏還把我放在心上？」穆念慈氣得手足冰冷，險些暈去。

黃蓉插口道：「楊大哥，你別胡言亂道，穆姊姊要是眞喜歡他，那壞蛋怎會將她點了穴道，又放在棺材裏？」

楊康早已老羞成怒，說道：「眞情也好，假意也好，她給那人擒去，失了貞節，我豈能再和她重圓？」穆念慈怒道：「我……我……我失了甚麼貞節？」楊康道：「你落入那人手中這許多天，給他摟也摟過了，抱也抱過了，還能是冰淸玉潔麼？」穆念慈本已委頓不堪，此時急怒攻心，「哇」的一聲，一口鮮血噴了出來，向後便倒。

楊康自覺出言太重，見她如此，心中柔情忽動，要想上前相慰，但想起自己隱私爲她得知，黃蓉又早有見疑之意，若給穆念慈洩露眞相，只怕自己性命難保，又記掛著父王，當即轉身出房，奔到後院，躍出圍牆，逕自去了。

黃蓉在穆念慈胸口推揉了好一陣子，她才悠悠醒來，定一定神，也不哭泣，竟似若無其事，道：「妹子，上次我給你的那柄短劍，相煩借我一用。」黃蓉高聲叫道：「靖哥哥，你來！」郭靖聞聲奔進屋來。黃蓉道：「你把楊大哥那柄短劍給穆姊姊罷。」郭靖道：「正是。」從懷中掏出那柄朱聰從梅超風身上取來的短劍，劍柄上刻有「楊康」的字樣，交給了穆念慈。

黃蓉也從懷中取出短劍，低聲道：「靖哥哥的短劍在我這裏，楊大哥的現下交給了你。」她想郭楊二人的短劍既分屬二女，姻緣已定，無可更動，不由得大爲放心，又道：「姊姊，這是命中注定的緣份，一時吵鬧算不了甚麼，你可別傷心，我跟爹爹也常吵架呢。我和靖哥哥要上中都去找完顏洪烈。姊姊，你如閒著沒事，跟我們一起去散散心，楊大哥必會跟來。」郭靖奇道：「楊兄弟呢？」黃蓉伸了伸舌頭，道：「他惹得姊姊生氣，姊姊一巴掌將他打跑了。穆姊姊，楊大哥若不是愛你愛得要命，你打了他，他怎會不還手？他武功可強過你啊。這比武……」她本想說「這比武招親的事，你兩個本就是玩慣了的」，但見穆念慈神色酸楚，這句玩笑就縮住了。

穆念慈道：「我不上中都，你們也不用去。半年之內，完顏洪烈那奸賊不會在中都的，他害怕你們去報仇。郭大哥，妹妹，你們倆人好，命也好……」說到後來聲音哽住，掩面奔出房門，雙足一頓，上屋而去。

黃蓉低頭見到穆念慈噴在地下的那口鮮血，沉吟片刻，終不放心，越過圍牆，追了出去，只見穆念慈的背影正在遠處一棵大柳樹之下，日光在白刃上一閃，她已將那柄短劍舉在頭頂。黃蓉大急，只道她要自盡，大叫：「姊姊使不得！」只是相距甚遠，阻止不得，卻見她左手拉起頭上青絲，右手持劍向後一揮，已將一大叢頭髮割了下來，拋在地下，頭也不回的去了。黃蓉叫了幾聲：「姊姊，姊姊！」穆念慈充耳不聞，愈走愈遠。

黃蓉怔怔的出了一回神，只見一團柔髮在風中飛舞，再過一陣，分別散入了田間溪心、路旁樹梢，或委塵土、或隨流水。

她自小嬌憨頑皮，高興時大笑一場，不快活時哭哭鬧鬧，從來不知「愁」之為物，這時見到這副情景，不禁悲從中來，初次識得了一些人間的愁苦。她慢慢回去，將這事對郭靖說了。郭靖不知兩人因何爭鬧，只道：「穆世姊何苦如此，她氣性也忒大了些。」

黃蓉心想：「難道一個女人給壞人摟了抱了，就是失了貞節？本來愛她敬她的意中人就要瞧她不起？不再理她？」她想不通其中緣由，只道世事該是如此，走到祠堂後院，倚柱而坐，痴痴的想了一陣，合眼睡了。

當晚黎生等丐幫羣雄設宴向洪七公及郭黃二人道賀，料知黃蓉怕髒，酒肴杯盤均甚精潔。程大小姐也親自燒了菜肴，又備了四大罈好酒，率領僕役送來，自己只敬了酒，卻不與宴。等到深夜，洪七公仍然不來。黎生知幫主脾氣古怪，也不以為意，與郭靖、黃蓉二人歡呼暢飲。丐幫羣雄對郭黃二人甚是敬重，言談相投。

筵席盡歡散後，郭靖與黃蓉商議，完顏洪烈既不回中都，一時必難找到，桃花島約會之期轉眼即屆，只好先到嘉興，與六位師父商量赴約之事。黃蓉點頭稱是，又道：「最好請你六位師父別去桃花島了。你向我爹爹賠個不是，向他磕幾個頭也不打緊，是不是？你若心中不服氣，我加倍磕還你就是了。你六位師父跟我爹爹會面，卻不會有甚麼好事。」郭靖道：「正是。我也不用你向我磕還甚麼頭。爲了你，我甚麼事都肯做。」次晨兩人並騎南去。

時當六月上旬，天時炎熱，江南民諺云：「六月六，晒得鴨蛋熟。」火傘高張下行路，尤爲煩苦。兩人只在清晨傍晚趕路，中午休息。

不一日，到了嘉興，郭靖寫了一封書信，交與醉仙樓掌櫃，請他於七月初江南六俠來時面交。信中說道：弟子道中與黃蓉相遇，已偕赴桃花島應約，有黃藥師愛女相伴，必當無礙，請六位師父放心，不必同來桃花島云云。他想自己先去，六位師父便可不去。倘若會齊之後，六師愛護弟子，不免定要隨同前赴桃花島。他信內雖如此說，心中卻不無惴惴，暗想黃藥師爲人古怪，此去只怕凶多吉少。他恐黃蓉擔心，也不說起此事，想到六位師父不必干冒奇險，心下又自欣慰。

兩人轉行向東，到了舟山後，僱了一艘海船。黃蓉知道海邊之人畏桃花島有如蛇蝎，相戒不敢近島四十里以內，如說出桃花島的名字，任憑出多少金錢，也無海船漁船敢去。她僱船時說是到蝦峙島，出畸頭洋後，卻逼著舟子向北，那舟子十分害怕，但見黃蓉隨手一揮，將短劍深深插入船板，隨即拔出，將寒光閃閃的短劍尖頭指在舟子胸前，他大聲叫苦，不得不從。

船將近島，郭靖已聞到海風中夾著花香，遠遠望去，島上鬱鬱蔥蔥，一團綠、一團紅、一團黃、一團紫，一團白，繁花似錦。黃蓉笑問：「這裏的景致好麼？」郭靖嘆道：「我從來沒見過這麼多、這麼好看的花。」黃蓉笑道：「這時候是夏天，好多花都謝了。若在陽春三月，島上桃花盛開，那才教好看呢。師父不肯說我爹爹的武功是天下第一，但爹爹種花的本事蓋世無雙，師父必是口服心服的。只不過師父就只愛吃愛喝，未必懂得甚麼好花好木，當眞俗氣得緊。」郭靖道：「你背後指摘師父，好沒規矩。」黃蓉伸伸舌頭，扮了個鬼臉。隨後慢慢對他解說，桃花島之名，在於當年仙人葛洪在島上修道，仙去時在石上潑墨，墨水化成一朵朵桃花之形，遺留不去。（金庸按：此種石上花形，桃花島上至今猶存，爲數甚多，余在島上曾見過。實則爲古生物之化石，猶如三葉蟲、燕子石化石之類。）島上本無桃花，她父親定居之後，這才大植桃樹。

兩人待船駛近，躍上岸去，小紅馬跟著也跳上島來。那舟子聽到過不少關於桃花島的傳言，說島主殺人不眨眼，最愛挖人心肝肺腸，一見兩人上岸，忙把舵迴船，便欲遠逃。黃蓉取出一錠十兩重的銀子擲去，噹的一聲，落在船頭，叫道：「我們還要回去，再有重謝。」那舟子想不到有此重賞，喜出望外，高聲答應，卻仍不敢在島邊稍停。

黃蓉重來故地，說不出的歡喜，高聲大叫：「爹，爹，蓉兒回來啦！」向郭靖招招手，便即向前飛奔。郭靖見她在花叢中東一轉西一晃，霎時不見了影蹤，急忙追去，只奔出十餘丈遠，立時就迷失了方向，只見東南西北都有小徑，卻不知走向那一處好。

他走了一陣，似覺又回到了原地，想起在歸雲莊之時，黃蓉曾說那莊子布置雖奇，卻那及桃花島陰陽開闔、乾坤倒置之妙，這一迷路，如若亂闖，定然只有越走越糟，於是坐在一株桃樹之下，只待黃蓉來接。那知等了一個多時辰，黃蓉始終不來，四下裏寂靜無聲，竟不見半個人影。

他焦急起來，躍上樹顛，四下眺望，南邊是海，向西是光禿禿的岩石，東面北面都是花樹，五色繽紛，不見盡頭，只看得頭暈眼花。花樹之間既無白牆黑瓦，亦無炊煙犬吠，靜悄悄的情狀怪異之極。他忽感害怕，在樹上一陣狂奔，更深入了樹叢之中，一轉念間，暗叫：「不好！我胡闖亂走，別連蓉兒也找我不到了。」只想覓路退回，那知起初是轉來轉去離不開原地，現下卻越想回去，似乎竟離原地越遠。

小紅馬本來緊跟在後，但他上樹一陣奔跑，落下地來，連小紅馬也已不知去向。眼見天色漸暗，郭靖無可奈何，只得坐在地下，靜候黃蓉到來，好在遍地綠草似茵，就如軟軟的墊子一般，坐了一陣，甚感飢餓，想起黃蓉替洪七公所做的諸般美食，更加餓得厲害，忽然想起：「倘若蓉兒給她爹爹關了起來，不能前來相救，我豈不是要活活餓死在這樹林子裏？」又想到父仇未復，師恩未報，母親孤身一人在大漠苦寒之地，將來依靠何人？想了一陣，終於沉沉睡去。

睡到中夜，正夢到與黃蓉在中都遊湖，共進美點，黃蓉低聲唱曲，忽聽得有人吹簫相和，一驚醒來，簫聲兀自縈繞耳際，他定了定神，一抬頭，只見皓月中天，花香草氣在黑夜中更加濃冽，簫聲遠遠傳來，卻非夢境。

郭靖大喜，跟著簫聲曲曲折折的走去，有時路徑已斷，但簫聲仍然在前。他在歸雲莊中曾走過這等盤旋往復的怪路，當下不理道路是否通行，只跟隨簫聲，遇著無路可走時，就上樹而行，走了一會，聽得簫聲更加明徹清亮。他發足急走，一轉彎，眼前忽然出現了一片白色花叢，重重疊疊，月光下宛似一座白花堆成的小湖，白花之中有一塊東西高高隆起。

這時那簫聲忽高忽低，忽前忽後。他聽著聲音奔向東時，簫聲忽焉在西，循聲往北時，簫聲倏爾在南發出，似乎有十多人伏在四周，互打訊號，此起彼伏的吹簫戲弄他一般。

他奔得幾轉，頭也昏了，不再理會簫聲，奔向那隆起的高處，原來是座石墳，墳前墓碑上刻著「桃花島女主馮氏埋香之塚」十一個大字。郭靖心想：「這必是蓉兒的母親了。蓉兒自幼喪母，眞是可憐。」便在墳前跪倒，恭恭敬敬的拜了四拜，磕了幾個頭。只緣對黃蓉情深愛重，叩拜之時也極盡誠敬。當他叩拜之時，簫聲忽停，四下闃無聲息，待他一站起身，簫聲又在前面響起。郭靖心想：「管他是吉是凶，我總是跟去。」

當下又隨簫聲走進樹叢，再行一會，簫聲調子斗變，似淺笑，似低訴，軟語溫存，柔靡萬端。郭靖心中一蕩，有點胡塗：「這調子怎麼如此好聽？」

只聽得簫聲漸漸急促，似是催人起舞。郭靖又聽得一陣，只感面紅耳赤，百脈賁張，便坐倒在地，依照馬鈺所授的內功秘訣，不思不念，運轉內息。初時只感心旌搖動，數次想躍起身來手舞足蹈，用功片刻，心神漸漸寧定，到後來意與神會，心中一片空明，全無思慮，任他簫聲再蕩，他聽來只與海中波濤、樹梢風響一般無異，只覺得丹田中活潑潑地，全身舒泰，腹中也不再感到饑餓。他到了這個境界，更不受外界干擾，緩緩睜開眼來，黑暗之中，忽見前面兩丈遠處一對眼睛碧瑩瑩的閃閃發光。

他吃了一驚，心想：「那是甚麼猛獸？」跳起身來，後躍幾步，那對眼睛忽然一閃就不見了，心想：「眞是古怪，就算是再快捷的豹子、貍貓，也不能這樣一霎之間就沒了蹤影。」忽聽得前面發出一陣急促喘氣，聽聲音是人聲呼吸。他恍然而悟：「這是人！閃閃發光的是他眼睛，他雙眼一閉，我自然瞧不見他了，其實此人並未走開。」自覺愚蠢，但不知對方是友是敵，不敢作聲，靜觀其變。

這時那洞簫聲情致飄忽，纏綿宛轉，便似一個女子一會兒嘆息，一會兒呻吟，一會兒又軟語溫存、柔聲叫喚。郭靖年紀尚小，自幼勤習武功，對男女之事不甚了了，聽到簫聲時感應甚淡，簫中曲調雖比適才更加勾魂引魄，他聽了也不以爲意，但對面那人卻氣喘愈急，聽他呼吸聲直是痛苦難當，正拚了全力來抵禦簫聲誘惑。

郭靖對那人暗生同情，慢慢走過去。那地方花樹繁密，天上雖有明月，但月光給枝葉疏疏密密的擋住了，直走到相距那人數尺，才依稀看清他面目。這人盤膝而坐，滿頭長髮，幾垂至地，長眉長鬚，鼻子嘴巴都給遮掩住了。他左手撫胸，右手放在背後。郭靖知道這是修練內功的姿式，丹陽子馬鈺曾在蒙古懸崖之頂傳過他的，這是收斂心神的要訣，只要練到了家，任你雷轟電閃，水決山崩，全然不聞不見。這人年紀不小，既會玄門正宗上乘內功，怎麼反而不如自己，對簫聲如此害怕？

簫聲愈來愈急，那人身不由主的一震一跳，數次身子已伸起尺許，還是以極大定力坐了下來。郭靖見他寧靜片刻，便即歡躍，間歇越來越短，知道事情要糟，暗暗代他著急。只聽得簫聲輕輕細細的耍了兩個花腔，那人叫道：「算了，算了！」嘆了口長氣，作勢便待躍起。

郭靖見情勢危急，不及細想，當即搶上，伸左手牢牢按住他右肩，右手已拍在他的頸後「大椎穴」上。郭靖在蒙古懸崖上練功之時，每當胡思亂想、心神無法寧靜，馬鈺常在他大椎穴上輕輕撫摸，以掌心一股熱氣助他鎮定，而免走火入魔。郭靖內功尚淺，不能以內力助這人抵禦簫聲，但因按拍的部位恰到好處，那長鬚人心中一靜，便自行閉目運功。

郭靖暗暗心喜，忽聽身後有人罵了一聲：「小畜生，壞我大事！」簫聲突止。

郭靖嚇了一跳，回頭過來，不見人影，聽語音似是黃藥師，不禁大爲憂急：「不知這長鬚人是好是壞？我胡亂出手救他，必定更增蓉兒她爹爹的怒氣。倘若這人是個妖邪魔頭，我豈非把事情弄糟了？」

只聽那長鬚人氣喘漸緩，呼吸漸勻，郭靖只得坐在他對面，閉目內視，也用起功來，不久便即思止慮息，物我兩忘，直到晨星漸隱，清露沾衣，才睜開眼睛。

日光從花樹中照射下來，映得對面那長鬚人滿臉花影，這時他面容看得更加清楚了，鬚髮烏黑，雖然甚長，卻未見斑白，不知已有多少時候不加梳理，就如野人一般毛茸茸地甚是嚇人。突然間那長鬚人眼光閃爍，微微笑了笑，說道：「你是全眞七子中那一人門下？」

郭靖見他臉色溫和，略覺放心，站起來躬身答道：「弟子郭靖參見前輩，弟子的受業恩師是江南七俠。」那長鬚人似乎不信，說道：「江南七俠？是柯鎭惡一夥麼？他們怎能傳你全眞派內功？」郭靖道：「丹陽眞人馬道長傳過弟子兩年內功，不過未曾令弟子列入全眞派門牆。」

那長鬚人哈哈一笑，裝個鬼臉，神色甚是滑稽，猶如孩童與人鬧著玩一般，說道：「這就是了。你怎麼會到桃花島來？」郭靖道：「黃島主命弟子來的。」那長鬚人臉色忽變，問道：「來幹甚麼？」郭靖道：「弟子得罪了黃島主，特來領死。」那長鬚人道：「你不打誑麼？」郭靖恭恭敬敬的道：「弟子不敢欺瞞。」那長鬚人點點頭道：「很好，也不必眞死罷！坐下。」郭靖依言坐在一塊石上，這時看清楚那長鬚人是坐在山壁的一個岩洞之中。

那長鬚人又問：「此外還有誰傳過你功夫？」郭靖道：「九指神丐洪恩師……」那長鬚人臉上神情特異，似笑非笑，搶著問道：「洪七公也傳過你功夫？」郭靖道：「是的。洪恩師傳過弟子一套降龍十八掌。」那長鬚人臉上登現欣羨無已的神色，說道：「你會降龍十八掌？這套功夫可了不起哪。你傳給我好不好？我拜你爲師。」隨即搖頭道：「不成，不成！洪老叫化跟我年紀差不多，也不知誰老誰小，做他的徒孫，可不對勁。洪老叫化有沒傳過你內功？」郭靖道：「沒有。」

那長鬚人仰頭向天，自言自語：「瞧他小小年紀，就算在娘肚子裏起始修練，也不過十八九年道行，怎麼我抵擋不了簫聲，他卻能抵擋？」一時想不透其中原因，雙目從上至下，又自下至上的向郭靖望了兩遍，右手伸出，道：「你在我掌上推一下，我試試你的功夫。」

郭靖依言伸掌與他右掌相抵。那長鬚人道：「氣沉丹田，發勁罷。」郭靖凝力發勁。那長鬚人手掌略縮，隨即反推，叫道：「小心了！」郭靖只覺一股強勁之極的內力湧到，實在抵擋不住，左掌向上疾穿，要待去格他手腕，長鬚人轉手反撥，四指已搭上他腕背，只以四根手指之力，便將他直揮出去。郭靖站立不住，跌出了七八步，幸好他每出一招必留餘力，背心在一棵樹上一撞，便即站定。那長鬚人喃喃自語：「武功不錯，可也不算甚麼了不起，卻怎麼能擋得住黃老邪的『碧海潮生曲』？」

郭靖深深吸了口氣，才凝定了胸腹間氣血翻湧，向長鬚人望去，甚是訝異：「此人的武功幾與洪恩師、黃島主差不多了，怎地桃花島上又有這等人物？難道是『西毒』或是『南帝』麼？」一想到「西毒」，不禁心頭一寒：「莫要著了他的道兒？」舉起手掌在日光下一照，既未紅腫，亦無黑痕，這才稍感放心。

長鬚人微笑問道：「你猜我是誰？」郭靖道：「弟子曾聽人言道：天下武功登峯造極的共有五位高人。全眞教主王眞人已經逝世，九指神丐洪恩師與桃花島主弟子都識得。前輩是歐陽前輩還是南帝麼？」長鬚人笑道：「你覺得我的武功跟東邪、北丐差不多，是不是？」郭靖道：「弟子武功低微，見識粗淺，不敢妄說。但適才前輩這樣一推，弟子所拜見過的武學名家之中，除洪恩師與黃島主之外，確沒第三人及得。」

長鬚人聽他讚揚，極是高興，一張毛髮掩蓋的臉上顯出孩童般的歡喜神色，笑道：「我既不是老毒物歐陽鋒，也不是做皇帝的，你再猜上一猜。」郭靖沉吟道：「弟子會過一個自稱與洪恩師等齊名的裘千仞，但此人有名無實，武功甚是平常。弟子愚蠢得緊，實在猜不到前輩的尊姓大名。」長鬚人呵呵笑道：「我姓周，你想得起了麼？」

郭靖衝口而出：「啊，你是周伯通！」這句話一說出口，才想起當面直呼其名，可算得大大的不敬，忙躬身下拜，說道：「弟子不敬，請周前輩恕罪。」

長鬚人笑道：「不錯，不錯，我正是周伯通。我名叫周伯通，你叫我周伯通，有甚麼不敬？全眞教主王重陽是我師兄，馬鈺、丘處機他們都是我的師姪。你既不是全眞派門下，也不用囉裏囉唆的叫我甚麼前輩不前輩的，就叫我周伯通好啦。」郭靖道：「弟子怎敢？」

周伯通在桃花島獨居已久，無聊之極，忽得郭靖與他說話解悶，大感愉悅，驀地裏心中起了個怪念頭，說道：「小朋友，你我結義爲兄弟如何？」

不論他說甚麼希奇古怪的言語，都不及這句話的匪夷所思，郭靖一聽之下，登時張大了嘴合不攏來，瞧他神色儼然，實非說笑，過了一會，才道：「弟子是馬道長、丘道長的晚輩，該當尊您爲師祖爺才是。」

周伯通雙手亂擺，說道：「我的武藝全是師兄所傳，年紀又不比他們大多少，馬鈺、丘處機他們，見我沒點長輩樣子，也不大敬我是長輩。你多半不是我兒子，我恐怕也不是你兒子，又分甚麼長輩晚輩？」

正說到這裏，忽聽腳步聲響，一名老僕提了一隻食盒，走了過來。周伯通笑道：

「有東西吃啦！」那老僕揭開食盒，取出四碟小菜，兩壺酒，一木桶飯，放在周伯通面前的大石之上，給兩人斟了酒，垂手在旁侍候。

郭靖忙問：「黃姑娘呢？她怎不來瞧我？」那僕人搖搖頭，指指自己耳朵，又指指自己的口，意思說又聾又啞。周伯通笑道：「這人耳朵是黃藥師刺聾的，你叫他張口來瞧瞧。」郭靖做個手勢，那人張開口來。郭靖一看，不禁嚇了一跳，原來他口中舌頭給割去了半截。周伯通道：「島上的傭僕全都如此。你既來了桃花島，倘若不死，日後也與他一般。」郭靖聽了，半晌做聲不得，心道：「蓉兒的爹爹怎麼恁地殘忍？」

周伯通又道：「黃老邪晚晚折磨我，我偏不向他認輸。昨晚差點兒就折在他手下，若不是你助我一臂，我十多年的要強好勝，可就廢於一晚了，來來來，小兄弟，這裏有酒有菜，咱倆向天誓盟，結爲兄弟，以後有福共享，有難共當。想當年我和王重陽結爲兄弟之時，他也是推三阻四的……怎麼？你眞的不願麼？我師哥王重陽武功比我高得多，當年他不肯和我結拜，難道你的武功也比我高得多？我看大大的不見得。」郭靖道：「晚輩的武功比你低得太多，結拜實在不配。」周伯通道：「若說武功一樣，才能結拜，那麼我去跟黃老邪、老毒物結拜？他們人品不好，我可不幹！你要我跟這又聾又啞的傢伙結拜？」說著左手輕揮，將那啞僕摔了個觔斗，跟著扯鬚拉髮，雙腳亂跳，大發脾氣。

郭靖見他臉上變色，忙道：「弟子與前輩輩份差著兩輩，倘若依了前輩之言，必定爲人笑罵。日後遇到馬道長、丘道長、王道長，弟子豈不慚愧之極？」周伯通道：「偏你就有這許多顧忌。你不肯和我結拜，定是嫌我太老，其實我鬍子雖長，年紀並不老，嗚嗚嗚……」忽地掩面大哭，亂扯自己鬍子，叫道：「我把鬍子拔得光光的，那就不老了！」登時扯了十幾根鬍子下來。

郭靖慌了手腳，忙道：「弟子依前輩吩咐就是。」周伯通哭道：「你給我逼迫，勉強答應，嘴裏還稱我爲前輩甚麼的，那算不了數。他日人家問起，你又推在我身上。我知道你是不肯稱我爲義兄的了。」郭靖暗暗好笑，怎地此人如此爲老不尊，只見他拿起菜碟，向外擲去，賭氣不肯吃飯了。那啞僕連忙拾起，不知爲了何事，甚是惶恐。郭靖無奈，只得笑道：「兄長既然有此美意，小弟如何不遵？咱倆就在此處撮土爲香，義結金蘭便是。」

周伯通破涕爲笑，說道：「我向黃老邪發過誓的，除非我打贏了他，否則除了大小便，決不出洞一步。我在洞裏磕頭，你在洞外磕頭罷。」郭靖心想：「你一輩子打不過黃島主，難道一輩子就呆在這個小小的石洞裏？」也不多問，便跪了下去。

周伯通與他並肩而跪，朗聲說道：「老頑童周伯通，今日與郭靖義結金蘭，日後有福共享，有難共當。如若違此盟誓，教我武功全失，連小狗小貓也打不過。」

郭靖聽他自稱「老頑童」，立的誓又這般希奇古怪，忍不住好笑。周伯通瞪眼道：「笑甚麼？快跟著唸。」郭靖便也依式唸了一遍，說甚麼「郭靖今日與老頑童周伯通義結金蘭」云云，最後一句卻改作「連小老鼠小烏龜也打不過」。郭靖於是再拜見兄長。

周伯通哈哈大笑，大叫：「罷了，罷了。」斟酒自飲，說道：「黃老邪小氣得緊，給人這般淡酒喝。只有那天一個美麗小姑娘送來的美酒，喝起來才有點酒味，可惜從此她又不來了。」

郭靖想起黃蓉說過，她因偷送美酒給周伯通爲父親知道了責罵，一怒而離桃花島，看來周伯通尙不知此事呢，思念黃蓉，不由得焦念如沸。

郭靖已餓了一天，不想飲酒，一口氣吃了五大碗白飯，這才飽足。那啞僕等兩人吃完，收拾了殘肴回去。

周伯通道：「兄弟，你因何得罪了黃老邪，說給哥哥聽聽。」郭靖於是將自己年幼時怎樣無意中刺死陳玄風、怎樣在歸雲莊惡鬥梅超風、怎樣黃藥師生氣要和江南六怪爲難、自己怎樣答應在一月之中到桃花島領死等情由，說了一遍。周伯通最愛聽人述說故事，側過了頭，瞇著眼，聽得津津有味，只要郭靖說得稍爲簡略，就必尋根究底的追問不休。

待得郭靖說完，周伯通還問：「後來怎樣？」郭靖道：「後來就到了這裏。」周伯通沉吟片刻，道：「嗯，原來那個美貌小丫頭是黃老邪的女兒。她和你好，怎麼回島之後，忽然影蹤不見？其中必有緣由，定是給黃老邪關了起來。」郭靖憂形於色，說道：「弟子也這樣想……」眉頭深鎖，便想出去尋找。

周伯通臉一板，厲聲道：「你說甚麼？」郭靖知道說錯了話，忙道：「做兄弟的一時失言，大哥不要介意。」周伯通笑道：「這稱呼是萬萬弄錯不得的。倘若你我假扮戲文，那麼你叫我娘子也好，媽媽也好，女兒也好，更錯不得一點。」郭靖連聲稱是。

周伯通側過了頭，問道：「你猜我怎麼會在這裏？」郭靖道：「兄弟正要請問。」周伯通道：「說來話長，待我慢慢對你說。你知道東邪、西毒、南帝、北丐、中神通五人在華山絕頂論劍較藝的事罷？」郭靖點點頭道：「兄弟曾聽人說過。」周伯通道：「那時是在寒冬歲盡，華山絕頂，大雪封山。他們五人口中談論，手上比武，在大雪之中直比了七天七夜，東邪、西毒、南帝、北丐四個人終於拜服我師哥王重陽的武功是天下第一。你可知道五人因何在華山論劍？」郭靖道：「這個兄弟倒不曾聽說過。」周伯通道：「那是爲了一部經文……」郭靖接口道：「九陰眞經。」

周伯通道：「是啊！兄弟，你年紀雖小，武林中的事情倒知道得不少。那你可知道九陰眞經的來歷？」郭靖道：「這個我卻不知了。」周伯通拉拉自己耳邊垂下來的長髮，神情甚是得意，說道：「剛才你說了一個很好聽的故事給我聽，現下……」郭靖揷口道：「我說的都是眞事，不是故事。」周伯通道：「那有甚麼分別？只要好聽就是了。有的人的一生一世便是吃飯、拉屎、睡覺，倘若把他生平一件件鷄毛蒜皮的眞事都說給我聽，吃甚麼靑菜豆腐，怎樣大便小便，老頑童悶也給他悶死了。」郭靖點頭道：「那也說得是。那麼請大哥說九陰眞經的故事給兄弟聽。」

周伯通道：「咱們大宋以前有個皇帝，叫做徽宗。徽宗皇帝信的是道教，他於政和年間，遍搜普天下道家之書，雕版印行，一共有五千四百八十一卷，稱爲《萬壽道藏》。皇帝委派刻書之人，叫做黃裳……」郭靖道：「原來他也姓黃。」周伯通道：「呸！甚麼也姓黃？這跟黃老邪黃藥師全不相干，你可別想歪了。天下姓黃的東西多得緊，黃狗也姓黃，黃牛也姓黃。」郭靖心想黃狗黃牛未必姓黃，卻也不去和他多辯，只聽他續道：「這個跟黃老邪並不相干的黃裳，是個十分聰明之人……」郭靖本想說：「原來他也是個十分聰明之人。」話到口邊，卻忍住不說出來。

周伯通說道：「他生怕這部大道藏刻錯了字，皇帝發覺之後不免要殺他的頭，因此上一卷一卷的細心校讀。不料想這麼讀得幾年，他居然便精通道學道術，更因此而悟得了武功中的高深道理。他無師自通，修習內功外功，竟成爲一位武功大高手。兄弟，這個黃裳可比你聰明得多了。我沒他這般本事，料想你也沒有。」郭靖道：「這個自然。五千多卷道書，要我從頭至尾讀一遍，我這一輩子也就幹不了，也不知有多少字不識得，更別說領會甚麼武功了。」

周伯通嘆了口氣，說道：「世上聰明人本來是有的，不過這種人你倘若遇上了，多半非倒大霉不可。」郭靖心下又不以爲然，暗忖：「蓉兒聰明之極，我遇上了正是天大的福氣，怎會倒霉？」他素來不喜與人爭辯，當下也不言語。

周伯通道：「那黃裳練成了一身武功，還是做他的官兒。有一年他治下出現了一個希奇古怪的教門，叫作甚麼『摩尼教』，又叫『明教』，說是西域波斯胡人傳來的。他們一不拜太上老君，二不拜至聖先師，三不拜如來佛祖，卻拜外國的老魔，可是又不吃肉，只是吃菜。徽宗皇帝只信道教，他知道之後，便下了一道聖旨，要黃裳派兵去剿滅這些邪魔外道。不料明教的教徒之中，著實有不少武功高手，衆教徒打起仗來又人人不怕死，不似官兵那麼沒用，打了幾仗，黃裳帶領的官兵大敗。他心下不忿，親自去向明教的高手挑戰，一口氣殺了幾個甚麼法王、甚麼使者。那知道他所殺的人中，有幾個是武林中名門大派的弟子，於是他們的師伯、師叔、師兄、師弟、師姊、師妹、師姑、師姨、師乾爹、師乾媽，一古腦兒的出來，又約了別派的許多好手，來向他爲難，罵他行事不按武林規矩。黃裳說道：『我是做官兒的，又不是武林中人，你們武林規矩甚麼的，我怎知道？』對方那些姨媽乾爹七張八嘴的吵了起來，說道：『你若非武林中人，怎麼會武？難道你師父只教你武功，不教練武的規矩麼？』黃裳說道：『我沒師父。』

那些人死也不信，吵到後來，你說怎樣？」

郭靖道：「那定是動手打架了。」周伯通道：「可不是嗎？一動上手，黃裳的武功古裏古怪，對方誰都沒見過，當場又給他打死了幾人，但他寡不敵衆，也受了傷，拚命逃走了。那些人氣不過，將他家裏的父母妻兒殺了個乾乾淨淨。」郭靖嘆了口氣，覺得講到練武，到後來總不免要殺人，隱隱覺得這黃裳倘若不練武功，多半便沒這樣的慘事。

周伯通續道：「那黃裳逃到了一處窮荒絕地，躲了起來。那數十名敵手的武功招數，他一招一式都記在心裏，苦苦思索如何纔能破解，他要想通破解的方法，去殺了他們報仇。也不知過了多少時候，終於每一個敵人所使過的古怪陰毒招數，他都想通了破解的法子。他十分高興，料想這些敵人就算再一擁而上，他獨個兒也對付得了。於是出得山來，去報仇雪恨。不料那些敵人一個個都不見了。你猜是甚麼原因？」

郭靖道：「定是他的敵人得知他武功大進，怕了他啦，都躲了起來。」周伯通搖頭道：「不是，不是。當年我師哥說這故事給我聽的時候，也叫我猜。我猜了七八次都不中，你再猜。」郭靖道：「大哥既然七八次都猜不中，那我也不用猜了，只怕連猜七八十次也不會中。」周伯通哈哈大笑，說道：「沒出息，沒出息。好罷，你既然認輸，我便不叫你猜這啞謎兒了。原來他那幾十個仇人全都死了。」

郭靖「咦」的一聲，道：「這可奇了。難道是他的朋友還是他的弟子代他報仇，將他的仇人都殺死了？」周伯通搖頭道：「不是，不是！差著這麼十萬八千里。他沒收弟子。他是文官，交的朋友也都是些文人學士，要吟詩作對做文章，倒還可以，怎能代他殺人報仇？」郭靖搔搔頭，說道：「莫非忽然起了瘟疫，他的仇人都染上了疫病？」周伯通道：「也不是。他的仇人有些在山東，有些在湖廣，有些在河北、兩浙，沒有一起都染上瘟疫之理？啊，是了，是了！對啦，有一項瘟疫，卻是人人都會染上的，不論你逃到天涯海角，都避他不了，你猜那是甚麼瘟疫？」

郭靖把傷寒、天花、痧子、痢疾猜了六七種，周伯通總是搖頭，最後郭靖說道：「口蹄疫！」一出口便知不對，急忙按住了嘴，笑了起來，左手在自己頭上拍了一下，笑道：「我眞胡塗，口蹄疫是蒙古牛羊牲口的瘟疫，人可不會染上。」

周伯通哈哈大笑，說道：「你越猜越亂了。那黃裳找遍四方，終於給他找到了一個仇人。這人是個女子，當年跟他動手之時，只是個十六七歲的小姑娘，但黃裳找到她時，見她已變成了個六十來歲的老婆婆……」郭靖大爲詫異，說道：「這可眞希奇。啊，是了，她喬裝改扮，扮作了個老太婆，盼望別讓黃裳認出來。」

周伯通道：「不是喬裝改扮。你想，黃裳的幾十個仇人，個個都是好手，武功包含諸家各派，何等深奧，何等繁複？他要破解每一人的絕招，可得耗費多少時候心血？原來他獨自躲在深山之中鑽研武功，日思夜想的就只是武功，別的甚麼也不想，不知不覺竟已過了四十多年。」郭靖驚道：「過了四十多年？」

周伯通道：「是啊。專心鑽研武功，四十多年很容易就過去了。我在這裏已住了十五年，也不怎樣。黃裳見那年輕貌美的小姑娘變成了老太婆，很是感慨，但見那老婆婆病骨支離，躺在床上只喘氣，也不用他動手，過不了幾天她自己就會死了。他數十年積在心底的深仇大恨，突然之間消失得無影無蹤，還給那老婆婆餵粥服藥。兄弟，每個人都要死，我說那誰也躲不了的瘟疫，便是大限到來，人人難逃。」郭靖默然點頭。周伯通又道：「我師哥和他那七個弟子天天講究修性養命，難道眞又能修成不死的神仙？長生修仙甚麼的，我全不信，因此牛鼻子道士我是不做的。」郭靖茫然出神。

周伯通道：「他那些仇人本來都已四五十歲、五六十歲，再隔上這麼四十多年，到那時豈還有不一個個都死了？哈哈，哈哈，其實他壓根兒不用費心想甚麼破法，鑽研甚麼武功，只須跟這些仇人比賽長命。四十多年比下來，老天爺自會代他把仇人都收拾了。」郭靖點了點頭，心想：「那麼我要找完顏洪烈報殺父之仇，該是不該？」

周伯通又道：「不過話說回來，鑽研武功自有無窮樂趣，一個人生在世上，若不鑽研武功，又有甚麼更有趣的事好幹？天下玩意兒雖多，可是玩得久了，終究沒味。只有武功，才越玩越有趣。兄弟，你說是不是？」郭靖「嗯」了一聲，不置可否，他可不覺得練武有甚麼好玩，生平練武實在吃足了苦頭，只是從小便咬緊了牙關苦挨，從來不肯貪懶而已。

周伯通見他不大起勁，說道：「你怎麼不問我後來怎樣？」郭靖道：「對，後來怎樣？」周伯通道：「你如不問後來怎樣，我講故事就不大有精神了。」郭靖道：「是，是，大哥，後來怎樣？」周伯通道：「那黃裳心想：『原來我也老了，可也沒幾年好活啦。』他花了這幾十年心血，想出了包含普天下各家各派功夫的武學，過得幾年，也染上了那誰也逃不過的瘟疫，這番心血豈不是就此湮沒？於是他將所想到的法門寫成了上下兩卷書，那是甚麼？」郭靖道：「是甚麼？」周伯通道：「唉，難道連這個也猜不到嗎？」郭靖想了一會，問道：「是不是九陰眞經？」周伯通道：「咱們說了半天，說的就是九陰眞經的來歷，你還問甚麼？」郭靖笑道：「兄弟就怕猜錯了。」

周伯通道：「撰述九陰眞經的原由，那黃裳寫在經書的序文之中，我師哥因此得知。黃裳將經書藏於一處極秘密的所在，數十年來從未有人見到。那一年不知怎樣，此書忽在世間出現，天下學武之人自然個個都想得到，大家你搶我奪，一塌裏胡塗。我師哥說，爲了爭奪這部經文而喪命的英雄好漢，前前後後已有一百多人。凡是到了手的，都想依著經中所載修習武功，但練不到一年半載，總是給人發覺，追蹤而來劫奪。搶來搶去，也不知死了多少人。得了書的千方百計躲避，但追奪的人有這麼許許多多，總是放不過他。那陰謀詭計，硬搶軟騙的花招，也不知爲這部經書使了多少。」

郭靖道：「這樣說來，這部經書倒是天下第一害人的東西了。陳玄風如不得經書，那麼與梅超風在鄉間隱姓埋名，快快樂樂的過一世，黃島主也未必能找到他。梅超風倘若不得經書，也不致弄到今日的地步。」

周伯通道：「兄弟你怎麼如此沒出息？九陰眞經中所載的武功，奇幻奧秘，神妙之極。學武之人只要學到了一點半滴，豈能不為之神魂顚倒？縱然因此而招致殺身之禍，那又算得了甚麼？咱們剛才不說過嗎，世上又有誰是不死的？」郭靖道：「大哥那你是習武入迷了。」周伯通笑道：「那還用說？習武練功，滋味無窮。世人愚蠢得緊，有的愛讀書做官，有的愛黃金寶玉，更有的愛絕色美女，但這其中的樂趣，又怎及得上習武練功的萬一？」

郭靖道：「兄弟雖也練了一點粗淺功夫，卻體會不到其中有無窮之樂。」周伯通嘆道：「儍孩子，儍孩子，那你幹麼要練武？」郭靖道：「師父要我練，我就練了。」周伯通搖頭道：「你眞笨得緊。我對你說，一個人飯可以不吃，性命可以不要，功夫卻不可不練。」郭靖答應了，心想：「我這個把兄多半為了嗜武成癖，才弄得這般瘋瘋顚顚的。」說道：「我見過黑風雙煞練這九陰眞經上的武功，十分陰毒邪惡，那是萬萬練不得的。」周伯通搖頭道：「那定是黑風雙煞練錯了。九陰眞經正大光明，怎會陰毒邪惡？」郭靖親眼見過梅超風的武功，說甚麼也不信。

周伯通恍然而悟，說道：「啊，是了。九陰眞經上載明不少陰毒邪惡武功，那都是黃裳的敵人使的。黃裳要知其破法，必先知其練法，因此將練法和破法全都寫入了眞經，眞經的要旨是在擊破邪惡武功之法，而不在邪惡武功的練法。黃老邪的徒弟，也多半是大邪小邪，他們不學破法，卻去學了邪法。」邪法易練而破法難通，破解之法，須以上卷中的內功爲基，陳玄風只盜得下卷，一上手便練九陰白骨爪、摧心掌、白蟒鞭等較易功夫，艱難的破解之法不能練，只得置之不理，周伯通卻又不知了。

周伯通自覺解通了黑風雙煞武功的來歷，洋洋自得半晌，問道：「剛才咱們講故事講到了那裏？」郭靖道：「你講到天下的英雄豪傑都要搶奪九陰眞經。」周伯通道：「不錯。後來事情越鬧越大，連全眞教教主、桃花島主黃老邪、丐幫的洪幫主這些大高手也揷上手了。他們五人約定在華山論劍，誰的武功天下第一，經書就歸誰所有。」郭靖道：「那經書終究是落在你師哥手裏了。」

周伯通眉飛色舞，說道：「是啊。我和王師哥交情大得很，他沒出家時我們已經是好朋友，後來他傳我武藝。他說我學武學得發了痴，過於執著，不是道家淸靜無爲的道理，因此我雖是全眞派的，我師哥卻叫我不可做道士。我這正是求之不得。我那七個師姪之中，丘處機功夫最高，我師哥卻最不喜歡他，說他躭於鑽研武學，荒廢了道家的功夫。說甚麼學武的要猛進苦練，學道的卻要淡泊率性，這兩者頗不相容。馬鈺得了我師哥的法統，但他武功卻不及丘處機和王處一了。」

郭靖道：「那麼全眞教主王眞人自己，爲甚麼既是道家眞人，又是武學大師？」周伯通道：「他是天生的了不起，許多武學中的道理自然而然就懂了，並非如我這般勤修苦練的。剛才咱倆講故事講到甚麼地方？怎麼你又把話題岔了開去？」

郭靖笑道：「你講到你師哥得到了九陰眞經。」周伯通道：「不錯。他得到經書之後，卻不練其中功夫，把經書放入一隻石匣，壓在他打坐的蒲團下面的石板下。我奇怪得很，問是甚麼原因，他微笑不答。我問得急了，他叫我自己想去。你倒猜猜看，那是爲了甚麼？」郭靖道：「他怕人來偷來搶？」周伯通連連搖頭，道：「不是，不是！誰敢來偷來搶全眞教主的東西？他是活得不耐煩了？」

郭靖沉思半晌，忽地跳起，叫道：「對啊！正該好好的藏起來，其實燒了更好。」

周伯通一驚，雙眼盯住郭靖，說道：「我師哥當年也這麼說，不過他說幾次要想毀去，總下不了手。兄弟，你傻頭傻腦的，怎麼居然猜得到？」

郭靖脹紅了臉，答道：「我想，王眞人的武功既已天下第一，他再練得更強，仍也不過是天下第一。我還想，他到華山論劍，倒不是爲了爭天下第一的名頭，而是要得這部九陰眞經。他要得到經書，也不是爲了要練其中的功夫，卻是相救普天下的英雄豪傑，教他們免得互相斫殺，大家不得好死。」

周伯通抬頭向天，出了一會神，半晌不語。郭靖很是擔心，只怕說錯了話，得罪了這位脾氣古怪的把兄。周伯通嘆了一口氣，說道：「你怎能想到這番道理？」郭靖搔頭道：「我也不知道啊。我只想這部經書既然害死了這許多人，就算它再寶貴，也該毀去才是。」

周伯通道：「這道理本來明白不過，可是我總想不通。師哥當年說，我學武的天資聰明，又樂此而不疲，但一來過於著迷，二來少了一副救世濟人的胸懷，就算畢生勤修苦練，終究達不到絕頂之境。當時我聽了不信，心想學武自管學武，那是拳腳兵刃上的功夫，跟氣度識見又有甚麼干係？這十多年來，卻不由得我不信了。兄弟，你心地忠厚，胸襟博大，只可惜我師哥已經逝世，否則他見到你一定喜歡，他那一身蓋世武功，必可盡數傳給你了。師哥倘若不死，豈不是好？唉，師哥本領再高，也總躲不開那場大難臨頭的瘟疫。」想起師兄，忽然伏在石上哀哀痛哭起來。

郭靖對他的話不甚明白，見他哭得淒涼，也不禁慼然。

周伯通哭了一陣，忽然抬頭道：「啊，咱們故事沒說完，說完了再哭不遲。咱們說到那裏了啊？怎麼你也不勸我別哭？」郭靖笑道：「你說到王眞人把那部九陰眞經壓在蒲團下面的石板底下。」周伯通一拍大腿，說道：「是啊。他把經文壓在石板之下，我說可不可以給我瞧瞧，卻給他板起臉數說了一頓，我從此也就不敢再提了。武林之中倒也真的安靜了一陣子。後來師哥去世，他臨死之時卻又起了一場風波。」

郭靖聽他語音忽急，知道這場風波不小，凝神傾聽，只聽他道：「師哥自知壽限已到，那場誰也逃不過的瘟疫終究找上他啦，安排了教中大事之後，命我將九陰真經取來，生了爐火，要焚毀經書，但撫摸良久，長嘆一聲，說道：『前輩畢生心血，豈能毀於我手？水能載舟，亦能覆舟，要看後人如何善用此經了。不過凡我門下，決不可習練經中武功，以免旁人說我奪經是懷有私心。』他說了這幾句話後，閉目而逝。當晚停靈觀中，經書供在靈位之前。不到三更，就出了事。」

郭靖「啊」了一聲。周伯通道：「那晚我與全眞教的七個大弟子守靈。半夜裏忽有敵人來攻，來的個個都是高手，全眞七子立即分頭迎敵。七子怕敵人傷了師父遺體，將對手都遠遠引到觀外拚鬥，只我獨自守在師哥靈前，突然觀外有人喝道：『快把九陰眞經交出來，否則一把火燒了你的全眞道觀。』我向外張去，不由得倒抽了一口涼氣，只見一個人站在樹枝上，順著樹枝起伏搖晃，那一身輕功，可當眞了不起，當時我就想：『這門輕功我可不會，他若肯教，我不妨拜他爲師。』但轉念一想：『不對，不對，此人要來搶九陰眞經，不但拜不得師，這一架還非打不可。』明知不敵，也只好和他鬥一鬥了。我縱身出去，跟他在樹頂上拆了三四十招，越打越心驚膽怕，敵人年紀跟我也差不多，但出手狠辣之極，我硬接硬架，終於技遜一籌，肩頭上讓他打了一掌，跌下樹來。」郭靖奇道：「你這樣高的武功還打他不過，那是誰啊？」

周伯通反問：「你猜是誰？」郭靖沉吟良久，答道：「西毒！」周伯通奇道：「咦！你這次怎地居然猜中了？」郭靖道：「兄弟心想，並世武功能比大哥高的，也只華山論劍的五人。洪恩師爲人光明磊落。那南帝既是皇爺，總當顧到自己身分。黃島主爲人怎樣，兄弟雖不深知，但瞧他氣派很大，風度高尙，令人一見之下，心中佩服，必定不是乘人之危的卑鄙小人！」

花樹外突然有人喝道：「小畜生還有眼光！」

郭靖跳起身來，搶到說話之人的所在，但那人身法好快，早已影蹤全無，唯見幾棵花樹兀自晃動，花瓣紛紛跌落。

周伯通叫道：「兄弟回來，那是黃老邪，他早去得遠了。」

郭靖回到岩洞前面，周伯通道：「黃老邪精於奇門五行之術，他這些花樹都是依著諸葛亮當年八陣圖的遺法種植的。」郭靖駭然道：「諸葛亮的遺法？」周伯通嘆道：「是啊，黃老邪聰明之極，琴棋書畫、醫卜星相，以及農田水利、經濟兵略，無一不曉，無一不精，只可惜定要跟老頑童過不去，我偏偏又打他不贏。他在這些花樹之中東竄西鑽，別人再也找他不到。你說得對，黃老邪雖然脾氣古怪，卻決不是卑鄙小人！」

郭靖半晌不語，想著黃藥師一身本事，不禁神往，隔了一會才道：「大哥，你讓西毒打下樹來，後來怎樣？」

周伯通一拍大腿，說道：「對了，這次你沒忘了提醒我說故事。我中了歐陽鋒一掌，痛入心肺，半晌動彈不得，但見他奔入靈堂，也顧不得自己已經受傷，拚命追進，只見他搶到師哥靈前，伸手就去拿供在桌上的經書。我暗暗叫苦，自己既敵他不過，衆師姪又都禦敵未返，正在這緊急當口，突然間喀喇一聲巨響，棺材蓋上木屑紛飛，穿了一個大洞。」

郭靖驚道：「歐陽鋒用掌力震破了王眞人的靈柩？」

周伯通道：「不是，不是！是我師哥自己用掌力震破了靈柩。」

郭靖聽到這荒唐奇談，只驚得睜著一對圓圓的大眼，說不出話來。

老頑童周伯通和東邪黃藥師比賽打石彈，以借閱九陰眞經與桃花島至寶軟蝟甲作賭注。黃藥師的新婚夫人在旁觀看。打石彈雖是小孩兒的玩意，其中卻大有竅門。

# 第十七回　雙手互搏

周伯通道：「你道是我師哥死後顯靈？還是還魂復生？都不是，他是假死。」

郭靖「啊」了一聲，道：「假死？」周伯通道：「是啊。原來我師哥死前數日，已知西毒在旁躲著，只等他一死，便來搶奪經書，因此以上乘內功閉氣裝死，但若示知弟子，衆人假裝悲哀，總不大像，那西毒狡猾無比，必定會看出破綻，自將另生毒計，是以衆人都不知情。那時我師哥身隨掌起，飛出棺來，迎面一招『一陽指』向那西毒點去。歐陽鋒明明在窗外見我師哥逝世，一切看得清清楚楚，這時忽見他從棺中飛躍而出，只嚇得魂不附體。他本就對我師哥十分忌憚，這時大驚之下不及運功抵禦，我師哥一擊而中，附有先天功的『一陽指』正點中他眉心，損傷了他多年苦練的『蛤蟆功』。歐陽鋒逃赴西域，聽說從此不來中土。我師哥一聲長笑，盤膝坐在供桌之上。我知道使

『一陽指』極耗精神，師哥必是在運氣養神，便不去驚動，逕去接應衆師姪，殺退敵人。衆師姪聽說師父未死，無不大喜，回到道觀，只叫得一聲苦，不知高低。」

郭靖問：「怎樣？」周伯通道：「只見我師哥身子歪在一邊，神情大異。我搶上去一摸，師哥全身冰涼，這次是眞的仙去了。我想，歐陽鋒雖爲師哥嚇退，但此人心志堅毅，只怕二次又來，他神通廣大，不易抵敵，於是我帶了眞經經文，要送到南方雁蕩山去收藏，途中卻撞上了黃老邪。」

郭靖「啊」了一聲。周伯通道：「黃老邪爲人雖然古怪，但他驕傲自負，決不會如西毒那麼不要臉，會來強搶經書，那一次壞在他的新婚夫人正好跟他同在一起。」

郭靖心想：「那是蓉兒的母親了。她與這件事不知又有甚麼干連？」只聽周伯通道：「我見他滿面春風，說是新婚。我想黃老邪聰明一世，胡塗一時，他老婆雖然美麗，但娶在家裏，有甚麼好，便取笑他幾句。黃老邪倒不生氣，反而請我喝喜酒。我說起師哥假死復活、擊中歐陽鋒的情由。黃老邪的妻子聽了，求我借經書一觀。她說她不懂半點武藝，只心中好奇，想見見這部害死了無數武林高手的書到底是甚麼樣子。我自然不肯。黃老邪對這少年夫人寵愛得很，甚麼事都不肯拂她之意，就道：『內子當眞全然不會武功。她年紀輕，愛新鮮玩意兒。你就給她瞧瞧，又有甚麼干係？我黃藥師只要向你的經書瞟了一眼，我就挖出這對眼珠子給你。』黃老邪是當世數一數二的大人物，當然言出如山，但這部經書實在干係太大，我只搖頭。黃老邪不高興了，說道：『我豈不知你有為難之處？你肯借給內人一觀，黃某人總有報答你全眞派之日。倘若一定不肯，那也只得由你，誰教我跟你有交情呢？我跟你全眞派的弟子們可不相識。』我懂得他的意思，這人說得出做得到，他不好意思跟我動手，卻會借故去跟馬鈺、丘處機他們為難。這人武功太高，惹惱了他可眞不好辦。」

郭靖道：「是啊，馬道長、丘道長他們是打不過他的。」

周伯通道：「那時我就說道：『黃老邪，你要出氣，儘管找我老頑童，找我的師姪們幹麼？這卻不是以大欺小麼？』他夫人聽到我『老頑童』這個諢號，格格一笑，說道：『周大哥，你愛胡鬧頑皮，大家可別說擰了淘氣，咱們一起玩玩罷。你那寶貝經書我不瞧也罷。』她轉頭對黃老邪道：『看來九陰眞經是給那姓歐陽的搶去了，周大哥拿不出來，你又何必苦苦逼他，讓他失了面子？』黃老邪笑道：『是啊，老頑童，還是我幫你去找老毒物算帳罷。他武功了得，你獨個兒是打他不過的。』」

郭靖心想：「蓉兒的母親也挺精靈古怪。」插口道：「他們是在激你啊！」

周伯通道：「我當然知道，但這口氣不肯輸。我說：『經書是在我這裏，借給嫂子看一看原也無妨。但你瞧不起老頑童守不住經書，你我先比劃比劃。』黃老邪笑道：『比武傷了和氣，你是老頑童，咱們就比比孩子們的玩意兒。』我還沒答應，他夫人已拍手叫了起來：『好好，你們兩人比賽打石彈兒。』」

郭靖微微一笑。周伯通道：「打石彈兒我最拿手，接口就道：『比就比，難道我還能怕他？』黃夫人笑道：『周大哥，要是你輸了，就把經書借給我瞧瞧。但倘若你贏了，你要甚麼？』黃老邪道：『全眞教有寶，難道桃花島就沒有？』他從包裹取出一件黑黝黝、滿生倒刺的衣服在桌上一放。你猜是甚麼？」郭靖道：「軟蝟甲。」

周伯通道：「是啊，原來你也知道。黃老邪道：『老頑童，你武功卓絕，用不著這副甲護身，但他日你娶了女頑童，生下小頑童，小孩兒穿這副軟蝟甲可妙用無窮，誰也欺他不得。你打石彈兒只要贏了我，桃花島這件鎭島之寶就是你的。』我道：『女頑童是說甚麼也不娶的，小頑童更加不生，不過你這副軟蝟甲武林中大大有名，我贏到手來，穿在衣服外面，在江湖上大搖大擺，出出風頭，倒也不錯，好讓天下人知道桃花島主栽在老頑童手裏。』黃夫人接口道：『您先別說嘴，哥倆比了再說。』三人說好，每人九粒石彈，共十八個小洞，誰的九粒石彈先打進洞就是誰贏。」

郭靖聽到這裏，想起當年與義弟拖雷在沙漠中玩石彈的情景，不禁微笑。

周伯通道：「石彈子我隨身帶著有的是，三人就同到屋外空地上去比試。我留心瞧黃夫人的身形步法，果然沒學過武功。我在地下挖掘小孔，讓黃老邪先挑石彈，他隨手拿了九顆，我們就比了起來。他暗器功夫當世獨步，『彈指神通』天下有名，他只道取準的本事遠勝過我，打起石彈來必能佔到上風。他卻不知這種小孩兒的玩意與暗器雖然大同，卻有小異，中間另有竅門。我挖的小洞又很特別，洞裏轉彎，石彈子打了進去會再跳出來。打彈時不但勁力必須用得不輕不重，恰到好處，而且勁力的結尾尚須一收，把反彈的力道消了，石彈兒才能留在洞內。」

郭靖想不到中原人士打石彈還有這許多講究，蒙古小孩可就不懂了，只聽周伯通得意洋洋的接著說道：「黃老邪連打三顆石彈，都是不錯釐毫的進了洞，但一進去卻又跳了出來。待得他悟到其中道理，我已有五顆彈子進了洞。他暗器的功夫果然厲害，一面把我餘下的彈子撞在最不易使力的地位，一面也打了三顆進洞。但我既佔了先，豈能讓他趕上？你來我往的爭了一陣，我又進了一顆。我暗暗得意，知道這次他輸定了，就神仙下凡也已幫他不了。唉，誰知道黃老邪忽使詭計。你猜是甚麼？」

郭靖道：「他點了你手上的穴道嗎？」周伯通道：「不是，不是。黃老邪壞得很，決不用這等笨法子。打了一陣，他知道決計勝我不了，忽然手指上暗運潛力，三顆彈子出去，把我餘下的三顆彈子打得粉碎，他自己的彈子卻完好無缺。」郭靖叫道：「啊，那你沒彈子用啦！」周伯通道：「是啊，我只好眼睜睜的瞧著他把餘下的彈子一一打進了洞。這樣，我就算輸啦！」郭靖道：「那不算數。」

周伯通道：「我也是這麼說。但黃老邪道：『老頑童，咱們可說得明明白白，誰的九顆彈子先進了洞，誰就算贏。你混賴那可不成！別說我用彈子打碎了你的彈子，就算是我硬搶了你的，只要你少了一顆彈子入洞，終究是你輸了。』我想他雖然使奸，但總怪我自己事先沒料到這一步。再說，要我打碎他的彈子而自己彈子不損，那時候我的確還辦不到，也不禁對他的功夫很是佩服，便道：『黃家嫂子，我就把經書借給你瞧瞧，今日天黑之前可得還我。』我補上了這句，那是怕他們一借不還，胡賴道：『我們又沒說借多久，這會兒可還沒瞧完，你管得著麼？』這樣一來，經書到了他們手裏，十年是借，一百年也是借。」

郭靖點頭道：「對，幸虧大哥聰明，料到了這著，倘若是我，定會上了他們的大當。」

周伯通搖頭道：「說到聰明伶俐，天下又有誰及得上黃老邪的？只不知他用甚麼法子，居然找到了一個跟他一般聰明的老婆。不過他娶老婆，這件事可蠢得到家啦！那時候黃夫人微微一笑，道：『周大哥，你號稱老頑童，人可不胡塗啊，你怕我劉備借荊州是不是？我就在這裏坐著瞧瞧，看完了馬上還你，也不用到天黑，你不放心，在旁邊守著我就是。』」

「我聽她這麼說，就從懷裏取出經書，遞了給她。黃夫人接了，走到一株樹下，坐在石上翻了起來。黃老邪見我神色之間總是提心吊膽，問道：『老頑童，當世之間，有幾個人的武功勝得過你我兩人？』我道：『勝得過你的未必有。勝過我的，連你在內，總有四五人罷！』黃老邪笑道：『那你太捧我啦。東邪、西毒、南帝、北丐四人，武功各有所長，誰也勝不了誰。歐陽鋒既給你師哥損傷了『蛤蟆功』，那麼十年之內，他比兄弟是要略遜一籌了。還有個鐵掌水上飄裘千仞，聽說也很了得，那次華山論劍他卻沒來，但他功夫再好，也未必眞能出神入化。老頑童，你的武功兄弟決計不敢小看了，除了這幾個，武林中要算你第一。咱二人聯手，當世沒人能敵。』我道：『那自然！』黃老邪道：『所以啊，你何必心神不定？有咱哥兒倆守在這裏，天下還有誰能搶得了你的寶貝經書去？』

「我一想不錯，稍稍寬心，只見黃夫人一頁一頁的從頭細讀，嘴唇微微而動，我倒覺得有點好笑了。九陰眞經中所錄的都是最秘奧精深的武功，她武學一竅不通，雖說書上的字個個識得，只怕半句的意思也未能領會。她從頭至尾慢慢讀了一遍，足足花了一個多時辰。我等得有些不耐煩了，眼見她翻到了最後一頁，心想總算是瞧完了，那知她又從頭再瞧起。不過這次讀得很快，只一盞茶時分，也就瞧完了。

「她把書還給我，笑道：『你上了西毒的當啊，這部不是九陰眞經！』我大吃一驚，說道：『怎麼不是？這明明是師哥遺下來的，模樣兒一點也不錯。』黃夫人道：『模樣兒不錯有甚麼用？歐陽鋒把你的經書掉了包啦，這是一部算命占卜用的雜書。』」

郭靖驚道：「難道歐陽鋒在王眞人從棺材中出來之前，已把眞經掉了去？」周伯通道：「當時我也這麼想，可是我素知黃老邪專愛做鬼靈精怪的事，他夫人的話我也不甚相信。黃夫人見我半信半疑，又問：『周大哥，九陰眞經眞本的經文是怎樣的，你可知道麼？』我道：『自從經書歸於先師兄之後，沒人翻閱過。先師兄當年曾說，他竭力奪得經書，是爲武林中免除一大禍害，決無自利之心，是以遺言全眞派弟子，任誰不得習練經中所載武功。』黃夫人道：『王眞人這番仁義之心，眞令人欽佩無已，也正因爲如此，才著了人家的道兒。周大哥，你翻開書來瞧瞧。』我頗爲遲疑，記得師哥的遺訓，不敢動手。黃夫人道：『這是一本江南到處流傳的占卜之書，不值半文。再說，就算確是九陰眞經，你只要不練其中武功，瞧瞧何妨？你師兄只說不許練，可沒說不許瞧。連我都瞧過了，又有甚麼大不了。』我依言翻開一頁，見書裏寫的全是高深武功的秘訣，何嘗是占卜星相之書？

「黃夫人道：『這部書我五歲時就讀著玩，從頭至尾背得出，我們江南的孩童，十九都曾熟讀。你若不信，我背給你聽聽。』說了這幾句話，便從頭如流水般背將下來。我對著經書瞧去，果眞一字不錯。我全身都冷了，如墮冰窖。黃夫人又道：『任你從那一頁中間抽出來問我，只要你提個頭，我諒來也還背得出。』我依言從中抽了幾段問她，她當眞背得滾瓜爛熟，更沒半點窒滯。黃老邪哈哈大笑。我怒從心起，把那部書的封面撕了下來，撕得粉碎，正要撕下面各頁，忽見黃老邪神色有異，心想此人詭計多端，莫要上了他的當，便住手不撕了。

「黃老邪忽道：『老頑童，你也不用發頑童脾氣，我這副軟蝟甲送了給你罷。』我不知是受了他的愚弄，只道他瞧著過意不去，因此想送我一件重寶消消我的氣，當時我心中煩惱異常，又想這是人家鎮島之寶，如何能夠要他？只謝了他幾句，便回到家鄉去閉門習武，料想定是歐陽鋒將經書掉了包去，那時我自知武功不是歐陽鋒的對手，決心苦練五年，練成幾門厲害功夫，再到西域去找西毒，定要打得他爬不起身，逼他掉還經書。我師哥交下來的東西，老頑童看管不住，怎對得住師哥？」

郭靖道：「這西毒如此奸猾，那是非跟他算帳不可的。但你和馬道長、丘道長他們一起去，聲勢不是大得多麼？」周伯通道：「唉，只怪我好勝心盛，以致受了愚弄一直不知道，當時只要和馬鈺他們商量一下，總有人瞧得出這件事裏的破綻。過了年餘，江湖上忽然有人傳言，說桃花島門下黑風雙煞得了九陰眞經，練就了幾項經中所載的精妙武功，到處爲非作歹。起初我還不相信，但這話越傳越盛。又過一年，丘處機忽然到我家來，說他訪得實在，九陰眞經的下卷確是給桃花島的門人得去了。我聽了很生氣，說道：『黃藥師不夠朋友！』丘處機問我：『師叔，怎麼說黃藥師不夠朋友？』我道：『他去跟西毒索書，事先不對我說，要了書之後，就算不還我，也該向我知會一聲。』」

郭靖道：「黃島主奪來經書之後，或許本是想還給你的，卻讓他不長進的徒兒偷去了，我瞧他對這件事惱怒得很，連另外四個無辜的弟子都給他打斷腿骨，逐出師門。」

周伯通不住搖頭，說道：「你和我一樣老實，這件事要是撞在你手裏，你也必定受了騙還不知道。那日丘處機跟我說了一陣子話，研討了幾日武功，才別我離去。過了兩個月，他又來瞧我。這次他訪出陳玄風、梅超風二人確是偷了黃老邪的經書，在練『九陰白骨爪』與『摧心掌』兩門邪惡武功。他冒了大險偷聽黑風雙煞的說話，才知黃老邪這卷經書原來並非自歐陽鋒那裏奪來，卻是從我手裏偷去的。」

郭靖奇道：「難道當日黃夫人掉了包去，還你的是一部假經書？」周伯通道：「這一著我早防到了。黃夫人看那部經書時，我眼光沒片刻離開過她。她不會武功，手腳再快，也逃不過咱們練過暗器之人的眼睛。她不是掉包，她是硬生生的記了去啊！」

郭靖不懂，問道：「怎麼記了去？」周伯通道：「兄弟，你讀書讀幾遍才背得出？」郭靖道：「容易的，大概三四十遍；倘若又難又長的，那麼七八十遍、一百遍也說不定。就算一百多遍，也未必準背得出。」周伯通道：「是啊，說到資質，你確是不算聰明的了。」郭靖道：「兄弟天資魯鈍，不論讀書習武，進境都慢得很。」周伯通嘆道：「讀書的事你不大懂，咱們只說學武。師父教你一套拳法掌法，只怕總得教上幾十遍，你才學會罷？」郭靖臉現慚色，說道：「正是。」又道：「有時學會了，卻記不住；有時候記倒記住了，偏偏又不會使。」

周伯通道：「可是世間卻有人只要看了旁人打一套拳腳，立時就能記住。」郭靖叫道：「一點兒也不錯！黃島主的女兒就這樣。洪恩師教她武藝，至多只教兩遍，從來不教第三遍。」周伯通緩緩道：「這個姑娘如此聰明，可別像她母親那樣，年紀輕輕就染上了人人難逃的瘟疫。那日黃夫人借了我經書去看，只看了兩遍，可是她已一字不漏的記住啦。她和我一分手，就默寫了出來給她丈夫。」郭靖不禁駭然，隔了半晌才道：「黃夫人不懂經中意義，卻能從頭至尾的記住，世上怎能有如此聰明之人？」

周伯通道：「這就叫做過目不忘啦，只怕你那小朋友黃姑娘也能。我聽了丘處機的話後，又驚又愧，約了全眞教七名大弟子會商。大家議定去勒逼黑風雙煞交出經書。丘處機道：『那黑風雙煞就算當眞武功高強，也未必勝得了全眞門下弟子。他們是您晚輩，師叔您老人家不必親自出馬，莫讓江湖上英雄說您以大壓小。』我一想不錯，當下命處機、處一二人去找黑風雙煞，其餘五人在旁接應監視，以防雙煞漏網。」

郭靖點頭道：「全眞七子一齊出馬，黑風雙煞是打不過的。」不禁想起那日在蒙古懸崖之上馬鈺與六怪假扮全眞七子的事來。周伯通道：「那知處機、處一趕到河南，雙煞卻已影蹤不見，他們一打聽，才知黑風雙煞練那邪門武功，傷害無辜，中原豪傑看不過眼，跟他們爲難，他們對付不了，逃得不知去向。他們逃走之前，還害死了幾條好漢。」

郭靖問道：「你們找不到黑風雙煞，那怎麼辦？」

周伯通道：「找不到黑風雙煞，當然得去找黃老邪。我也不帶丘處機他們，獨自到了桃花島上，責問於他。黃老邪道：『不通兄，黃藥師素來說一是一。我說過決不向你的經書瞟上一眼，我幾時瞧過了？我看過的九陰眞經，是內人筆錄的，可不是你的經書。』我聽他強辭奪理，自然大發脾氣，三言兩語，跟他說僵了，要找他夫人評理。他臉現苦笑，說道：『內人死了，你再也找她不到了。』我大吃一驚，出言安慰。黃老邪冷笑道：『不通兄，你也不必假惺惺了，若不是你炫誇甚麼狗屁眞經，內人也不會離我而去。』我道：『甚麼？』他不答話，滿臉怒容的望著我，忽然眼中流下淚來，跟著出聲大哭，過了半晌，才說起他夫人的死因。

「原來黃夫人爲了幫著丈夫，記下了經文。黃藥師自負得緊，他說重陽眞人得了眞經不練，他黃藥師倘若照練，豈非遠遠不如我師哥，因此他也不練，只不過要想通眞經中一大段古裏古怪的話的含義，不料卻給陳玄風與梅超風偷去了下卷。黃夫人爲了安慰丈夫，再想把經文下卷默寫出來。她對經文本來毫不明白，當日一時硬記，默了下來，到那時事隔已久，中間又讀了不少詩詞閒書，怎麼還記得起？那時她懷孕已八月有餘，苦苦思索了幾天幾晚，寫下了七八千字，卻已沒法記得完整，那段怪話更加記不得了，心智耗竭，忽爾流產，生下了一個女嬰，她自己可也到了油盡燈枯之境。任憑黃藥師智計絕世，精通醫藥，終於也救不了愛妻的性命。

「黃老邪本來就愛遷怒旁人，這時愛妻逝世，心智失常，痛哭失聲，淚流滿臉，對我胡言亂語一番。他浙江口音，把我周伯通叫作周『不通』，我念他新喪妻子，也不跟他計較，只笑了一笑，說道：『你是習武之人，把夫妻之情瞧得這麼重，也不怕人笑話？』他道：『我這位夫人與衆不同。』我道：『你死了夫人，正好專心練功，若是換了我啊，那正求之不得！死得好，死得妙！老婆死得越早越好。恭喜，恭喜！』」

郭靖「啊喲」一聲，道：「你怎麼說這話？」

周伯通雙眼一翻，道：「這是我的眞心言語，有甚麼說不得的？可是黃老邪一聽，忽然大怒，發掌向我劈來，我二人就動上手。這一架打下來，我在這裏呆了十五年。」

郭靖道：「你輸給他啦？」周伯通笑道：「若是我勝，也不在這裏了。他打斷了我兩條腿，逼我把九陰眞經的下卷拿出來，說要火化了祭他夫人。我把經書藏在洞內，自己坐在洞口守住，只要他用強搶奪，我就把經書毀了。他道：『總有法子叫你離開這洞。』我道：『咱們就試試！』

「這麼一耗，就對耗了一十五年。這人自負得緊，並不餓我逼我，當然更不會在飲食之中下毒，只千方百計的誘我出洞。我出洞大便小便，他也不乘虛而入，佔這個臭便宜。有時我假裝大便了一個時辰，他心癢難搔，居然也沉得住氣。」說著哈哈大笑。

郭靖聽了也覺有趣，這位把兄竟在這種事上也跟人鬥勁。

周伯通道：「一十五年來，他用盡了心智，始終奈何我不得。但昨晚我卻遭逢大險，若不是兄弟你忽來助我，這經書已到了黃老邪手中了。唉，黃老邪這一曲『碧海潮生曲』我本來聽過的，也不放在心上，那知他忽在其中加入不少古怪花招，我一個不防，險些著了他道兒，好兄弟，這可要多謝你了。」

郭靖聽他述說這番恩怨，心頭思潮起伏，問道：「大哥，今後你待怎樣？」周伯通笑道：「我跟他耗下去啊，瞧黃老邪長壽呢還是我多活幾年。剛才我跟你說過黃裳的故事，他壽命長過所有的敵人，那便贏了。」郭靖心想這總不是法子，但自己也不知該怎樣出洞離島，又問：「馬道長他們怎不來救你？」周伯通道：「他們多半不知我在此地，就是知道，這島上樹木山石古裏古怪，若非黃老邪有心放人進內，旁人休想能深入桃花島腹地。再說，他們就是來救，我也是不去的，跟黃老邪這場比試還沒了結呢。」

郭靖和他說了半日話，覺得此人年紀雖然不小，卻滿腔童心，說話天眞爛漫，沒半點機心，言談間甚是投緣。只是思念黃蓉，不知怎樣才找得到她。

到紅日臨空，啞僕又送飯菜來，用過飯後，周伯通道：「我在桃花島上耗了一十五年，時光可沒白費。我在這洞裏沒事分心，所練的功夫若在別處練，總得二十五年時光。不過一人悶練，雖然自知大有進境，苦在沒人拆招，只好左手和右手打架。」

郭靖奇道：「左手怎能和右手打架？」周伯通道：「我假裝右手是黃老邪，左手是老頑童。右手一掌打過去，左手拆開之後還了一拳，就這樣打了起來。」說著當眞雙手出招，左攻右守，打得甚是激烈。

郭靖起初覺得甚是好笑，但看了數招，只覺得他雙手拳法詭奇奧妙，匪夷所思，不禁怔怔的出了神。天下學武之人，雙手不論揮拳使掌、掄刀動槍，不是攻敵，就是防身，雖雙手用法不同，總是互相配合呼應，但周伯通雙手卻互相攻防拆解，每一招每一式都是攻擊自己另一手的手腕、手背、手掌要害，同時又解開自己另一手攻來的招數，因此上左右雙手的招數截然分開。

周伯通打了一陣，郭靖忽道：「大哥，你右手這招爲甚麼不用足了？」周伯通停了手，笑道：「你眼光不差啊，瞧出我這招沒用足，來來來，你來試試。」說著伸出掌來。郭靖伸掌與他相抵。周伯通道：「你小心了，我要將你推向左方。」一言方畢，勁力已發，郭靖先經他說知，預有提防，以降龍十八掌的掌法還了一招，兩人掌力相撞，郭靖退出七八步，只感手臂酸麻。

周伯通道：「這一招我使足了勁，只不過將你推開，現下我勁不使足，你再試試。」郭靖再與他對上了掌，忽感他掌力陡發陡收，腳下再也站立不穩，向前直跌下去，蓬的一聲，額頭直撞在地下，一骨碌爬起來，怔怔的發獃。

周伯通笑道：「你懂了麼？」郭靖搖頭道：「不懂！」周伯通道：「這個道理，是我在洞裏苦練十年後忽然參悟出來的。我師哥在日，曾對我說過以虛擊實、以不足勝有餘的妙詣。當日我只道是道家修心養性之道，聽了也不在意。直到五年之前，才忽然在雙手拆招時豁然貫通。其中精奧之處，只能意會，我卻也說不明白。我想通之後，還不敢確信，兄弟，你來和我拆招，那是再好沒有。你別怕痛，我再摔你幾交。」眼見郭靖臉有難色，央求道：「好兄弟，我在這裏一十五年，只盼有人能來跟我拆招試手。幾個月前黃老邪的女兒來和我說話解悶，我正想引她動手，不過她掌力不強，拆起招來不大夠勁，那知第二天她又不來啦。好兄弟，我一定不會摔得你太重。」

郭靖見他雙手躍躍欲試，臉上一副心癢難搔的模樣，說道：「摔幾交也算不了甚麼？」發掌和他拆了幾招，忽覺周伯通的掌力陡虛，一個收勢不及，又一交跌了下去，他左手立即揮出，身子在空中不由自主的翻了個觔斗，左肩著地，跌得著實疼痛。

周伯通臉現歉色，說道：「好兄弟，我也不能叫你白摔了，我把摔你這一記的手法說給你聽。」郭靖忍痛爬起，走近身去。

周伯通道：「老子《道德經》裏有句話道：『埏埴以為器，當其無，有器之用。鑿戶牖以為室，當其無，有室之用。』這幾句話你懂麼？」

郭靖也不知那幾句話是怎麼寫，自然不懂，笑著搖頭。

周伯通順手拿起剛才盛過飯的飯碗，說道：「這隻碗只因爲中間是空的，才有盛飯的功用，倘若它是實心的一塊瓷土，還能裝甚麼飯？」郭靖點點頭，心想：「這道理說來很淺，只是我從沒想到過。」周伯通又道：「建造房屋，開設門窗，只因爲有了四壁中間的空隙，房子才能住人。倘若房屋是實心的，倘若門窗不是有空，磚頭木材四四方方的砌上這麼一大堆，那就一點用處也沒有了。」郭靖又點頭，心中若有所悟。

周伯通道：「我這全眞派最上乘的武功，要旨就在『空、柔』二字，那就是所謂『大成若缺，其用不弊。大盈若沖，其用不窮。』」跟著將這四句話的意思解釋了一遍。

郭靖聽了默默思索。

周伯通又道：「你師父洪七公的功夫是外家中的頂兒尖兒，我雖會得一些全眞派的內家功夫，想來還不是他的敵手。只是外家功夫練到像他那樣，只怕已到了盡頭，而全眞派的武功卻無止境，像我那樣，只可說是初窺門徑而已。當年我師哥贏得『武功天下第一』的尊號，決不是碰運氣碰上的，若他今日尚在，加上這十多年的進境，再與東邪、西毒他們比武，決不須再比七日七夜，我瞧半日之間，就能將他們折服了。」

郭靖道：「王眞人武功通玄，兄弟只恨沒福拜見。洪恩師的降龍十八掌是天下之至剛，那麼大哥適才摔跌兄弟所用的手法，便是天下之至柔了，不知是不是？」

周伯通笑道：「對啊，對啊。雖說柔能克剛，但如你的降龍十八掌練到了洪七公那樣，我又克不了你啦。我剛才摔你這一下是這樣的，你小心瞧著。」仔仔細細述說如何出招使勁，如何運用內力。他知郭靖領悟甚慢，教得甚是周到。

郭靖試了數十遍，仗著已有全眞派內功的極佳根柢，慢慢也就懂了。

周伯通大喜，叫道：「兄弟，你身上倘若不痛了，我再摔你一交。」

郭靖笑道：「痛是不痛了，但你教我的那手功夫，我卻還沒記住。」凝神思考，默默記憶。周伯通不住催促：「行了，記住了沒有？快點，來！」這般擾亂了他心神，郭靖記得反更慢了，又過一頓飯時分，才把這一招功夫牢牢記住，再陪周伯通拆招，又讓他摔跌一交。這交一跌，忽地明白了那日在歸雲莊掌擊黃藥師，黃藥師並不還手，卻以空勁扭得他手腕脫臼的道理。

兩人日夜不停，如此這般的拆招過拳。周伯通又將這「空明拳」的十六字訣向他詳加解釋。郭靖是少年人，非睡足不可，若非如此，周伯通就是拚著不睡，也要跟他拆招。郭靖只摔得全身都是烏青瘀腫，前前後後摔了七八百交，仗著身子硬朗，才咬牙挺住，但周伯通在洞中十五年悟出來的七十二手「空明拳」，卻也盡數傳了給他。郭靖跟周伯通以空對空，以柔迎柔，再也不會給他摔倒了。郭靖忽然悟到，說道：「我洪恩師教我使那降龍十八掌，必須發力少而留力多，倒也不是一味剛猛。」周伯通道：「是啊，是啊，洪七公的武功剛中有柔，這才厲害。我這『空明拳』是勝他不了的。」

兩人研習武功，也不知已過了幾日。郭靖雖朝夕想著黃蓉，但無法相尋，也只有苦等。幾次想跟著送飯的啞僕前去查探，總是給周伯通叫住。

這一天用過午飯，周伯通道：「這套空明拳你學全了，以後我也摔你不倒了，咱倆變個法兒玩玩。」郭靖笑道：「好啊，玩甚麼？」周伯通道：「咱們玩四個人打架。」郭靖奇道：「四個人？」周伯通道：「一點兒不錯，四個人。我的左手是一人，右手是一人，你的雙手也是兩個人。四個人誰也不幫誰，分成四面混戰一場，一定有趣得緊。」

郭靖心中一樂，笑道：「玩是一定好玩的，只可惜我不會雙手分開來打。」

周伯通道：「待會我來教你。現下咱們先玩三個人相打。」雙手分作兩人，和郭靖拆招比拳。他一人分作二人，每一隻手的功夫，竟不減雙手同使，只是每當左手逼得郭靖無法抵禦之際，右手必來相救，反之左手亦然。這般以二敵一，郭靖佔了上風，他雙手又結了盟，就如三國之際反覆爭鋒一般。

兩人打了一陣，罷手休息。郭靖覺得很是好玩，又想起黃蓉來，心想倘若蓉兒在此，三個人玩六國大交兵，她必定十分歡喜。周伯通興致勃勃，一等郭靖喘息已定，當即將雙手互搏的功夫教他。

這門本事可比空明拳又難了幾分。常言道：「心無二用。」又道：「左手畫方，右手畫圓，則不能成規矩。」這雙手互搏之術卻正是要人心有二用，而研習之時也正是從

「左手畫方，右手畫圓」起始。郭靖初練時雙手畫出來的不是同方，就是同圓，又或是方不成方、圓不成圓。苦學良久，不知如何，忽然間領會了訣竅，竟不用心，雙手便能任意各成方圓。心想：「好比吃飯，左手拿碗，右手持筷，兩隻手動作不同，但配合了吃飯。」想通了此節，便明此法大要。

周伯通甚是喜慰，說道：「你若不是練過我全眞派的內功，能一神守內、一神遊外，這雙手各成方圓的功夫那能這般迅速練成？現下你左手打南山拳，右手使越女劍。」這是郭靖自小就由南希仁和韓小瑩傳授的武功，使動時不用費半點心神，但要雙手分使，卻也極難。周伯通爲了要跟他玩「四人打架」之戲，甚爲心急，盡力敎他諸般巧妙訣法。

過得數日，郭靖已粗會雙手互搏。周伯通大喜，道：「來來，你的右手和我的左手算是一黨，我的右手和你的左手是他們的敵人，雙方來狠狠的打上一架。」

郭靖正當年少，對這種玩意豈有不喜之理？當下右手與周伯通的左手聯成一氣，跟自己左手及周伯通的右手打了起來。這番搏擊，確是他一生之中不但從未見過、而且也從未聽過。兩人搏擊之際，周伯通又不斷敎他如何方能攻得凌厲，怎樣才會守得穩固，周伯通只是要玩得有趣，郭靖卻學到了一套千古未有之奇的怪功夫。有一日他忽然想到：「倘若兩隻腳也能互搏，我和他二人豈不是能玩八個人打架？」但知此言一出口，勢必後患無窮，終於硬生生的忍住不說。

又過數日，這天郭靖又與周伯通拆招，這次是分成四人，互相混戰。周伯通高興異常，一面打，一面哈哈大笑。郭靖究竟功力尚淺，兩隻手都招架不住，右手一遇險招，左手自然而然的過來救援。周伯通拳法快速之極，郭靖竟無法回復四手互戰之局，周伯通便收起一手不用，又成爲郭靖雙手合力對付周伯通的單手，這時他已通悉這套怪拳的拳路，雙手合力，已可與周伯通的左手或右手鬥個旗鼓相當。

周伯通呵呵笑道：「你沒守規矩！」郭靖忽地跳開，呆了半晌，叫道：「大哥，我想到了一件事。」周伯通道：「怎麼？」郭靖道：「你雙手的拳路招數全然不同，豈不是就如有兩個人在各自發招？臨敵之際，使將這套功夫出來，便是以兩對一，這功夫可有用得很啊。雖然內力不能增加一倍，招數上總是佔了大大便宜。」

周伯通洞中長年枯坐，十分無聊，才想出這套雙手互搏的玩意兒，只求自娛，以遣長日，從未想到這功夫竟有克敵制勝之用，這時得郭靖片言提醒，將這套功夫從頭至尾在心中想了一遍，忽地躍起，竄出洞來，在洞口走來走去，笑聲不絕。

郭靖見他突然有如中瘋著魔，心中大駭，連問：「大哥，你怎麼了？怎麼了？」

周伯通不答，只不住口的大笑，過了一會，才道：「兄弟，我出洞了！我不是要小便，也不是要大便，可是我還是出洞了。」郭靖道：「是啊！」周伯通笑道：「我現下武功已是天下第一，還怕黃藥師怎地？現下只等他來，我打他個落花流水。」

郭靖道：「你拿得定能夠勝他？」周伯通道：「我武功仍遜他一籌，但既已練就了這套分身雙擊的功夫，以二敵一，天下沒人再勝得了我。黃藥師、洪七公、歐陽鋒他們武功再強，能打得過兩個老頑童周伯通麼？」郭靖一想不錯，也代他高興。周伯通又道：「兄弟，這分身出擊功夫的精要，你已全然領會，現下只差火候而已，數年之後，等到練成如你大哥那樣的純熟，你武功便斗然間增強一倍了。只可惜內力卻增不到半分，身上內力分在兩手，每隻手還不到一半，這美中不足之處，你不要對他們說，一動上手，就雙手各使不同武功，打得他們頭昏腦脹，來不及體會到其中的缺陷。」兩人談談講講，都喜不自勝。

以前周伯通只怕黃藥師來跟自己爲難，這時卻盼他快些到來，好用奇法勝他。他眼睜睜的向外望著，極不耐煩，若非知道島上布置奧妙，早已前去尋他了。

到得晚飯時分，啞僕送來飯菜，周伯通一把拉住他道：「快去叫黃藥師來，我在這等他，叫他試試我的手段！」那啞僕只是搖頭。

周伯通說完了話，才恍然大悟，道：「呸！我忘了你又聾又啞！」轉頭向郭靖道：「今晚咱倆要大吃一頓。」伸手揭開食盒。郭靖聞到一陣撲鼻的香氣，與往日菜肴大有不同，過來一看，見兩碟小菜之外另有一大碗冬菰燉鷄，正是自己最愛吃的。

他心中一凜，拿起匙羹舀了一匙湯一嘗，鷄湯的鹹淡香味，正與黃蓉所做的一模一樣，知是黃蓉特地爲己而做，一顆心不覺突突亂跳，向其他食物仔細瞧去，別無異狀，見食盒中有十多個饅頭，其中一個皮上用指甲刻了個葫蘆模樣。印痕刻得極淡，若不留心，決瞧不出來。郭靖心知這饅頭有異，撿了起來，雙手一拍，分成兩半，中間露出顆蠟丸。郭靖見周伯通和啞僕都未在意，順手放入懷中。

這一頓飯，兩人都是食而不知其味，一個想到自己在無意之間練成了天下無敵的絕世武功，右手抓起饅頭來吃，左手就打幾拳，那也是雙手二用，一手抓饅頭，一手打拳；另一個急著要把飯吃完，好瞧黃蓉在蠟丸之中藏著甚麼消息。周伯通想一手送饅頭入嘴咬嚼，一手端湯碗喝湯，可以儘速吃完，卻不成功，他哈哈大笑，說道：「老頑童只一張嘴，便有兩隻手也沒用。」

好容易周伯通吃完饅頭，骨都骨都的喝乾了湯，那啞僕收拾了食盒走開，郭靖忙掏出蠟丸，捏碎蠟丸，拿出丸中所藏的紙來，果是黃蓉所書，上面寫道：「靖哥哥：你別心急，爹爹已經跟我和好，待我慢慢求他放你。我不能來看你，但天天想你。」最後署著「蓉兒」兩字。

郭靖狂喜之下，將紙條給周伯通看了。周伯通笑道：「有我在此，他不想放你也不能了。咱們逼他放，不用求他。他如不答允，我把他在這洞裏關上一十五年。啊喲，不對，還是不關的爲妙，別讓他在洞裏也練成了分心二用、雙手互搏的奇妙武功。」

天色漸漸黑了下去，郭靖盤膝坐下用功，心中想著黃蓉，久久不能寧定，隔了良久，才達靜虛玄默、胸無雜慮之境，把內息在周身運了幾轉，忽然心想：若要眞正練成一人作二、左右分擊的上乘武功，內息運氣也得左右分別、各不相涉，如此這般，雙手出招時方能各具內力。於是用手指按住鼻孔，分別左呼左吸、右呼右吸的練了起來。

練了約莫一個更次，自覺略有進境，只聽得風聲虎虎，睜開眼來，見黑暗中長鬚長髮飄飄而舞，周伯通正在練拳。郭靖睜大了眼凝神注視，見他左手打的是七十二路「空明拳」，右手打的卻是另一套全眞派掌法。他出掌發拳，勢道極慢，但每一招之出，仍帶著虎虎掌風，仍具極大勁力，似乎頃刻之間，內力便能自左至右、自右至左的流轉，附在招數之上。郭靖只瞧得欽佩異常，心想要左右分具內力，練起來極難，而且人身體內經絡僅有一套，分成左右，多半不成。周伯通那樣將內力調左調右，倒是可行，便如打仗時調動兵力一般，似乎也非極難。

正在這一個打得忘形、一個瞧得出神之際，忽聽周伯通一聲「啊喲」急叫，接著啪的一聲，一條黑黝黝的長形之物從他身旁飛起，撞上遠處樹幹，似是被他用手擲出。郭靖見他身子連晃，吃了一驚，急忙搶上，叫道：「大哥，甚麼事？」

周伯通道：「我腳上給毒蛇咬了！這可糟糕透頂！」

郭靖更驚，忙奔近身去。周伯通神色已變，扶住他肩膀，走回岩洞，撕下一條衣襟來紮住大腿，讓毒氣一時不致上行。郭靖從懷中取出火摺，晃亮了看時，心中突的一跳，只見他一隻小腿已腫得比平時粗了倍餘。

周伯通道：「島上向來沒這等奇毒無比的青蝮蛇，不知自何處而來？本來我正在打拳，蛇兒也不能咬到我，偏生我兩隻手分打兩套拳法，這一分心……唉！」郭靖聽他語音發顫，知他受毒甚深，若非以上乘內功強行抵禦，早已昏迷，慌急之中，彎下腰去就在他傷口上吮吸。周伯通急叫：「使不得，這蛇毒非比尋常，你一吸就死。」

郭靖這時只求救他性命，那裏還想到自身安危，右臂牢牢按住他下身，不住在他創口上吮吸。周伯通待要掙扎阻止，全身已然酸軟，動彈不得，再過一陣，竟暈了過去。郭靖吸了一頓飯功夫，把毒液吸出了大半，都吐在地下。

毒力既減，周伯通究竟功力深湛，暈了半個時辰，重又醒轉，低聲道：「兄弟，做哥哥的今日要歸天了，臨死之前結交了你這位情義深重的兄弟，做哥哥的很是歡喜。」郭靖和他相交日子雖淺，但兩人都是直腸直肚的性子，肝膽相照，竟如同是數十年的知己好友一般，這時見他神情就要逝去，不由得淚水滾滾而下。

周伯通淒然一笑，道：「那九陰眞經的經文，放在我身下土中的石匣之內，本該給了你，但你吮吸了蝮蛇毒液，性命也不長久，咱倆在黃泉路上攜手同行，倒不怕沒伴兒玩耍，在陰世玩玩四個人……不，四隻鬼打架，倒也有趣，哈哈，哈哈。那些大頭鬼、無常鬼一定瞧得莫名奇妙，鬼色大變。」說到後來，竟又高興起來。

郭靖聽他說自己也就要死，但自覺全身了無異狀，又點燃火摺，去察看他傷口。火光照映之下，只見他臉上灰撲撲的罩著一層黑氣，原本一張烏髮童顏、膚色紅潤的孩兒面已全無光采。

周伯通見到火光，向他微微一笑，但見郭靖面色如常，沒絲毫中毒之象，大為不解，吸了口氣，問道：「兄弟，你服過甚麼靈丹妙藥？為甚麼這般厲害的蛇毒也不能傷你？」郭靖一怔，料想必是喝了參仙老怪的大蟒藥血之故，說道：「我曾喝過一條大蟒蛇的血，或許因此不怕蛇毒。」周伯通凝神待想，卻又暈了過去。

郭靖忙替他推宮過血，卻全然無效，去摸他小腿時，著手火燙，腫得更加粗了。只聽他喃喃的道：「四張機，鴛鴦織就欲雙飛……」郭靖問道：「你說甚麼？」周伯通嘆道：「可憐未老頭先白，可憐……」郭靖見他神智胡塗，不知所云，心中大急，奔出洞去躍上樹頂，高聲叫道：「蓉兒，蓉兒！黃島主，黃島主！救命啊，救命！」桃花島周圍數十里，地方極大，黃藥師的住處距此甚遠，郭靖喊得再響，別人也無法聽見。

郭靖躍下地來，束手無策，危急中一個念頭突然在心中閃過：「蛇毒既不能傷我，我血中或有剋制蛇毒之物。」不及細想，在地下摸到周伯通日常飲茶的一隻青瓷大碗，拔出成吉思汗所賜金刀，在左臂上割了一道口子，讓血流在碗裏，流了一會，鮮血凝結，再也流不出來，他又割一刀，再流了些鮮血，扶起周伯通的頭放在自己膝上，左手撬開他牙齒，右手將血水往他口中灌下。

郭靖身上放去了這許多血，饒是體質健壯，也感酸軟無力，給周伯通灌完血後，靠上石壁，便即沉沉睡去，也不知過了多少時候，忽覺有人替他包紮臂上的傷口，睜開眼來，眼前鬍鬚長垂，正是周伯通。郭靖大喜，叫道：「你……你……好啦！」周伯通道：「我好啦，兄弟，你捨命救活了我。來索命的無常鬼大失所望，知難而退，最近多半不會捲土重來。」郭靖瞧他腿上傷勢，見黑氣已退，紅腫未消，當已無礙。

周伯通尋思：「我這個義弟對我挺夠義氣，他吮我身上蛇毒之時，明知自己會死的，後來雖然不死，卻是大出我二人以及無常鬼二人一鬼的意料之外。我再沒功夫可以教他了，怎麼想個法子，再多給點好處給他？」

當日王重陽奪經絕無私心，只是要爲武林中免除一個大患，因此遺訓本門中人不許研習經中武功。師兄遺言，周伯通當然不敢違背，想到黃藥師夫人的話：「你師兄只說不許練，卻沒說不許瞧。只瞧不練，不算違了遺言。」倒也有理。因此在洞中一十五年，枯坐無聊，已把經文翻閱得滾瓜爛熟。這上卷經文中所載，都是道家修練內功的大道，以及拳經劍理；下卷中所載，卻是實用法門，各種各樣希奇古怪的武功，自練法而至破法，無一不備。早知這是眞經眞本，黃夫人說甚麼「江南的醫卜星相雜書」，純是騙人之言。

周伯通愛武如狂，見到這部包羅天下武學精義的奇書，極盼研習一下其中武功，這既不是爲了爭名邀譽、報怨復仇，也非好勝逞強，欲恃此以橫行天下，純是一股難以克制的好奇愛武之念，亟欲得知經中武功練成之後到底是怎生厲害法。想到師哥所說的故事，當年黃裳閱遍了五千四百八十一卷《萬壽道藏》，苦思四十餘年，終於想明了能破解各家各派招數的武學，其中所包含的奇妙法門，自非同小可。黑風雙煞只不過得了下卷經文，練了兩門功夫，便已橫行江湖，倘若上下卷盡數融會貫通，簡直不可思議。但師兄的遺訓卻又萬萬不可違背，十餘年來，手擁高深武學祕笈，偏偏眼可見、心可想，而手不能練，其苦可知。

這日睡了一大覺醒來，突然之間，歡聲大叫：「是了，是了，這正是兩全其美的妙法！」說著哈哈大笑，高興之極。郭靖問道：「大哥，甚麼妙法？」周伯通只大笑不答，原來他忽然想到一個主意：「郭兄弟並非我全眞派門人，我把經中武功教他，讓他全數學會，然後一一演給我瞧，他既學到了高明武功，我又過了這心癢難搔之癮。這可沒違了師哥遺訓。」

正要對郭靖說知，轉念一想：「他口氣中對九陰眞經頗爲憎惡，說道那是陰毒的邪惡武功。其實只因爲黑風雙煞單看下卷經文，只練陰毒武功，卻學不到其破法，不懂得上卷所載養氣歸元等等根基法門，以至上乘功夫不會練，卻只去練粗淺的邪門功夫。我且不跟他說知，待他練成之後，再讓他大吃一驚。那時他功夫上身，就算大發脾氣，可再也甩不脫、揮不去了，豈非有趣之極？」

他天生的胡鬧頑皮。人家罵他氣他，他並不著惱，愛他寵他，他也不放在心上，只要能夠幹些作弄旁人的惡作劇玩意，就再也開心不過。這時心中想好了這番主意，臉上不動聲色，莊容對郭靖道：「賢弟，我在洞中躭了十五年，除了一套空明拳和雙手互搏的玩意兒之外，還想到許多旁的功夫，咱們閒著也是閒著，待我慢慢傳你如何？」郭靖道：「那再好也沒有了。只不過蓉兒說就會設法來放咱們出去……」周伯通道：「她放了咱們出去沒有？」郭靖道：「那倒還沒有。」周伯通道：「你一面等她來放你，一面學功夫不成嗎？」郭靖喜道：「那當然成。大哥教的功夫一定奇妙之極。」

周伯通暗暗好笑，心道：「且莫高興，你上了我的大當啦！」心想雖令他上當，但對他頗有好處，決非害人之舉，便一本正經的將九陰眞經上卷所載要旨，選了幾條說與他知。郭靖自然不明白，周伯通耐了性子解釋。傳過根源法門，周伯通又照著下卷所記有關的拳路劍術，一招招的說給他聽，所敎的只以正路武功爲限，不敎「九陰白骨爪」、「摧心掌」、「白蟒鞭」之類陰毒功夫。只是自己先行走在一旁，看過了眞經記住再傳，以防郭靖起疑。

這番傳授武功，可與普天下古往今來的教武大不相同，所教的功夫，教的人自己竟全然不會。他只用口講述，決不出手示範，待郭靖學會了經上的幾招武功，他就以全眞派的武功與之拆招試拳，果見經上武功妙用無窮，往往猶在全眞武功之上。

如此過了數日，眼見妙法收效，九陰眞經中所載的武功漸漸移到郭靖身上，而他完全給蒙在鼓裏，絲毫不覺，不禁大樂，連在睡夢之中也常笑出聲來。

這數日之中，黃蓉總是爲郭靖烹飪可口菜肴，卻並不露面。郭靖心中一安，練功進境更快。這日周伯通教他練「摧堅神抓」之法，命他凝神運氣，以十指在石壁上撕抓拉擊。郭靖依法練了幾次，忽然起疑，說道：「大哥，這是九陰眞經的功夫麼？我見梅超風練過的，她用活人來練，把五指插入活人的頭蓋骨中，殘暴得緊。」

周伯通聞言一驚，心想：「是了，梅超風見不到眞經上卷，不知練功正法。下卷文中說道：『五指發勁，無堅不破，摧敵首腦，如穿腐土。』她不知經中所云『摧敵首腦』是攻敵要害、擊敵首領之意，還道是以五指去插入敵人的頭蓋，又以爲練功時也須如此。這九陰眞經源自道家法天自然之旨，旨在驅魔辟邪、葆生養命，先明『摧堅神抓』要旨，是爲了熟知其破解之法，豈能當眞如此習練？那婆娘委實胡塗得緊。郭靖兄弟既已起疑，我不可再教他練這門功夫。」笑道：「梅超風所學的『九陰白骨爪』是邪派功夫，跟我這玄門正宗的『摧堅神抓』如何能比？雖然形似，其實根本不同。好罷，咱們且不練這神抓功夫，我再教你一些內家要訣。」說這話時，又已打好了主意：「我把上卷經文先教他記熟，通曉了經中所載的根本法門，那時他再見到下卷經文中所載武功，必覺順理成章，再也不會起疑。」一字一句，把上卷眞經的經文從頭念給他聽。

經中所述句句含義深奧，字字蘊蓄玄機，郭靖一時之間那能領悟得了？便說到洪七公傳授降龍十八掌的四字訣：「只記不用」。周伯通正合心意，說道洪七公之法大佳，便說一句，命他跟一句，反來覆去的念誦，數十遍之後，郭靖雖不明句中意義，卻已能朗朗背誦，再念數十遍，已自牢記心頭。

那眞經下卷最後一段，有一千餘字全是咒語一般的怪文，嘰哩咕嚕，渾不可解。周伯通在洞中這些年來早已反覆思索了數百次，始終想不到半點端倪。心想這段經文十分難背，要他先記熟了再說，於是要郭靖盡數背熟。他只一句一句的教，自己瞧了經文，記熟一句，便教一句。要他連教兩句，卻也不能。記得了下句，忘了上句。郭靖問他這些咒語是何意思，周伯通道：「此刻天機不可洩漏，你讀熟便了。」要讀熟這千餘字全無意義的怪文，更比背誦別的經文難上百倍，倘若換作一個聰明伶俐之人，要追究經文意義，定然背誦不出，郭靖卻天生有一股毅力狠勁，不管它有無意義，全不理會，只埋頭硬背，讀上千餘遍之後，居然也將這一大篇詰曲詭譎的怪文牢牢記住了。

郭靖將眞經上卷中的內功綱要以及下卷中的怪語經文盡數背熟，周伯通便教他照著經中所述，慢慢修習內功。郭靖覺得這些內功法門與馬鈺所傳理路一貫，只更爲玄深奧微，心想周伯通既是馬鈺的師叔，所學自然更爲精深。那日梅超風在趙王府中坐在他肩頭迎敵，兀自苦苦追問道家內功秘訣，可見她於道家奧秘全無所知，是以更不懷疑所背經文與九陰眞經有何關連。雖見周伯通眉目之間常含嬉頑神色，也只道他生性如此，那料到他是在與自己開一個大大的玩笑。

這天早晨起來，郭靖練過功夫，揭開啞僕送來的早飯食盒，見一個饅頭上又做著藏有書信的記認。他等不及吃完飯，拿了饅頭走入樹林，拍開饅頭取出蠟丸，一瞥之間，不由得大急，見信上寫道：「靖哥哥：西毒爲他的姪兒向爹爹求婚，要娶我作他姪媳，爹爹已經答……」這信並未寫完，想是情勢緊急，匆匆忙忙的便封入了蠟丸，看信中語氣，「答」字之下必定是個「允」字。

郭靖心中慌亂，一等啞僕收拾了食盒走開，忙將信給周伯通瞧。周伯通道：「他爹爹答不答允，不干咱們的事。」郭靖急道：「不能啊，蓉兒自己早就許給我了，她一定要急瘋啦。」周伯通道：「娶了老婆哪，有很多好功夫不能練。這就可惜得很了。我……

……我就常常懊悔，那也不用說他。好兄弟，你聽我說，還是不要老婆的好。」

郭靖跟他越說越不對頭，只有空自著急。周伯通道：「當年我若不是失了童子之身，不能練師兄的幾門厲害功夫，黃老邪又怎能囚禁我在這鬼島之上？你瞧，你還只是想想老婆，已就分了心，今日功夫必定練不好了。倘若眞的娶了黃老邪的閨女，唉，可惜啊可惜！想當年，我只不過……唉，那也不用說了，總而言之，若有女人纏上了你，你練不好武功，固然不好，還要對不起朋友，得罪了師哥，他們又不殺我，還要將她給我，我自然不要，雖然不要，但忘不了她，不知道她現今……總而言之，女人的面是見不得的，她身子更加碰不得，你教她點穴功夫，讓她撫摸你周身穴道，那便上了大當……要娶她爲妻，更萬萬不可……」

郭靖聽他嘮嘮叨叨，數說娶妻的諸般壞處，心中愈煩，說道：「我娶不娶她，將來再說。大哥，你先得設法救她。」周伯通笑道：「西毒爲人很壞，他姪兒諒來也不是好人，黃老邪的女兒雖然好看，也必像她老子，周身邪氣，讓西毒的姪兒娶了她做媳婦，又吃苦頭，又練不成童子功，一舉兩得，不，一舉兩失，兩全其不美，豈不甚好？」

郭靖嘆了口氣，走到樹林之中，坐在地下，痴痴發獃，心想：「我就是在桃花島中迷路而死，也得去找她。」心念已決，躍起身來，忽聽空中兩聲唳叫，兩團白影急撲而下，正是拖雷從大漠帶來的兩頭白鵰。郭靖大喜，伸出手臂讓鵰兒停住，見雄鵰腳上縛著一個竹筒，忙即解下，筒內藏著一通書信，正是黃蓉寫給他的，略稱現下情勢已迫，西毒不日就要爲姪兒前來下聘。父親管得她極緊，不准她走出居室半步，連給他煮菜也不許。事到臨頭，倘若眞的無法脫難，只有以死相報了。島上道路古怪，處處陷阱，千萬不可前去尋她。

郭靖怔怔的發了一陣呆，拔出金刀，在竹筒上刻了「一起活，一起死」六字，將竹筒縛在白鵰腳上，振臂一揮，雙鵰升空打了幾個盤旋，投北而去。

他心念既決，即便泰然，坐在地下用了一會功，又去聽周伯通傳授經義。

又過數日，黃蓉音訊杳然，周伯通又要他再讀再背，連下卷經文中的武功練法、破解對方高明武功的破法等等，也都教他背熟了，但眼下不可即練，以防他瞧出破綻。只會練法而不照練，本來難爲難能，但郭靖生性老實，在大漠中遵照江南六怪教導練功，一板一眼的遵從，不提半點疑問，此時也就照做，義兄如何教，他就如何遵從。前後數百遍唸將下來，已把上下卷經文都背得爛熟，連那一大篇甚麼「摩訶波羅」、甚麼「揭諦古羅」、甚麼「哈虎文缽英」的怪文，竟也背得一字無誤。周伯通暗暗佩服，心想：「這傻小子這份背書的呆功夫，老頑童自愧不如，甘拜下風。」

這一晚晴空如洗，月華照得島上海面一片光明。周伯通與郭靖拆了一會招，見他武功在不知不覺中已自大進，心想那眞經中所載果然極有道理，日後他將經中武功全數練成，自己多半不是他對手，只怕他功夫更要在黃藥師、洪七公之上。

兩人坐下地來閒談，忽然聽得遠處草中一陣簌簌之聲。周伯通驚叫：「有蛇！」一言甫畢，異聲斗起，似是羣蛇大至。周伯通臉色大變，返奔入洞，饒是他武功已至出神入化之境，但一聽到這種蛇蟲遊動之聲，卻嚇得魂飛魄散。

郭靖搬了幾塊巨石，攔在洞口，說道：「大哥，我去瞧瞧，你別出來。」

周伯通道：「小心了，快去快回。我說那也不用去瞧了，毒蛇有甚麼好看？怎……怎麼會有這許多蛇？我在桃花島上一十五年，以前可從來沒見過一條蛇，定是甚麼事情弄錯了！黃老邪自誇神通廣大，卻連個小小桃花島也搞得不乾不淨。烏龜甲魚、毒蛇蜈蚣，甚麼都給爬了上來。」

黃藥師又吹了一陣，郭靖忽地舉起手來，將竹枝打了下去，空的一響，剛巧打在簫聲兩拍之間。他跟著再打一記，仍打在兩拍之間，他連擊四下，記記都打錯了。

# 第十八回　三道試題

郭靖循著蛇聲走去，走出數十步，月光下果見數千條青蛇排成長隊蜿蜒而前，十多名白衣男子手持長桿驅蛇，不住將逸出隊伍的青蛇挑入隊中。郭靖大吃一驚：「這些人趕這許多蛇來幹甚麼？難道是西毒到了？」隱身樹後，隨著蛇隊向北。驅蛇的男子似乎無甚武功，並未發覺。

蛇隊之前有黃藥師手下的啞僕領路，在樹林中曲曲折折的走了數里，轉過一座山岡，前面出現一大片草地，草地之北是一排竹林。蛇羣到了草地，隨著驅蛇男子的竹哨之聲，一條條都盤在地下，昂起了頭。

郭靖料知竹林之中必有蹊蹺，不敢在草地上顯露身形，閃身穿入東邊樹林，再轉而北行，奔到竹林邊上，側身細聽，林中靜寂無聲，這才放輕腳步，在綠竹之間挨身進去。竹林內有座竹枝搭成的涼亭，亭上橫額在月光下看得分明，是「試劍亭」三字，兩旁懸著副對聯，正是「桃華影落飛神劍，碧海潮生按玉簫」那兩句。亭中放著竹枱竹椅，全是多年舊物，用得潤了，月光下現出淡淡黃光。竹亭之側並肩聳立兩棵大松樹，高挺數丈，枝幹虬蟠，當是數百年的老樹。蒼松翠竹，清幽無比。

郭靖再向外望，見大草坪上千蛇晃頭，叉舌亂舞。驅蛇人將蛇隊分列東西，中間留出一條通路，數十名白衣女子手持紅紗宮燈，姍姍而至。更數丈後，兩人緩步走來，先一人身穿白緞子金線繡花長袍，手持摺扇，正是歐陽克。他走近竹林，朗聲說道：「西域歐陽先生拜見桃花島黃島主。」

郭靖心道：「果然是西毒到了，怪不得這麼大的氣派。」凝神瞧歐陽克身後那人，但見他身材高大，也穿白衣，身子背光，面貌卻看不清楚。這兩人剛一站定，竹林中走出兩人，郭靖險些失聲呼叫，卻是黃藥師攜了黃蓉的手迎了出來。

歐陽鋒搶上數步，向黃藥師捧揖，黃藥師作揖還禮。歐陽克跪倒在地，磕了四個頭，說道：「小婿叩見岳父大人，敬請岳父大人金安。」黃藥師道：「罷了！」伸手相扶。他二人對答，聲音均甚清朗，郭靖聽在耳中，說不出的難受。

歐陽克料到黃藥師定會伸量自己武功，叩頭時早已留神，只覺他右手在自己左臂上一抬，立即凝氣穩身，只盼不動聲色的站起，豈知終究還是身子劇晃，剛叫得一聲：

「啊唷！」已頭下腳上的猛向地面直衝下去。歐陽鋒橫過手中拐杖，靠在姪兒背上輕輕一挑，歐陽克借勢翻過，穩穩站定。

歐陽鋒笑道：「好啊，藥兄，把女婿摔個觔斗作見面禮麼？」郭靖聽他語聲中鏗鏗然似有金屬之音，十分刺耳。黃藥師道：「他曾跟人聯手欺侮過我的瞎眼徒兒，後來又擺了蛇陣欺我女兒，倒要瞧瞧他有多大道行。」

歐陽鋒哈哈一笑，說道：「孩兒們鬧著玩兒，藥兄請勿介意。我這孩子，可還配得上你的千金小姐麼？」側頭細細看了黃蓉幾眼，嘖嘖讚道：「黃老哥，真有你的，這般美貌的小姑娘也虧你生得出來。」伸手入懷，掏出一個錦盒，打開盒蓋，盒內錦緞上放著一顆鴿蛋大小的黃色圓球，顏色沉暗，並不起眼，對黃蓉笑道：「這顆『通犀地龍丸』得自西域異獸之體，並經我配以藥材製煉過，佩在身上，百毒不侵，普天下就只這一顆而已。以後你做了我姪媳婦，不用害怕你叔公的諸般毒蛇毒蟲。這顆地龍丸用處是不小的，不過也算不得是甚麼奇珍異寶。你爹爹縱橫天下，甚麼珍寶沒見過？我這點鄉下佬的見面禮，真讓他見笑了。」說著遞到她面前。歐陽鋒擅使毒物，卻以辟毒的寶物贈給黃蓉，足見求親之意甚誠，一上來就要黃藥師不生疑忌。

這時郭靖瞧清楚了歐陽鋒形貌，見他高鼻深目，臉上鬚毛棕黃，似非中土人氏，面目與歐陽克有些相似，頗見英氣勃勃。尤其目光如電，眼神如刀似劍，甚是鋒銳。

郭靖瞧著這情景，心想：「蓉兒眞心跟我好，再也不會變心，她定不會要你的甚麼見面禮。」不料卻聽得黃蓉笑道：「多謝您啦！」伸手去接。

歐陽克見到黃蓉的雪膚花貌，早已魂不守舍，這時見她一言一笑，更如身在雲端，心道：「她爹爹將她許給了我，果然她對我的神態便與前大不相同。」正自得意，突然眼前金光閃動，叫聲：「不好！」一個「鐵板橋」，仰後便倒。

黃藥師喝罵：「幹甚麼？」左袖揮出，拂開了黃蓉擲出的一把鍍金鋼針，右手反掌便往她肩頭拍去。黃蓉「哇」的一聲，哭了出來，叫道：「爹爹，你打死我最好，反正我寧可死了，也決不嫁這壞東西。」

歐陽鋒將通犀地龍丸往黃蓉手中一塞，順手擋開黃藥師拍下的手掌，笑道：「令愛試試舍姪的功夫，你這老兒何必當眞？」黃藥師擊打女兒，掌上自然不含眞力，歐陽鋒也只輕輕架開。

歐陽克站直身子，只感左胸隱隱作痛，知已中了一兩枚金針，但要強好勝，臉上裝作沒事人一般，神色之間卻已頗爲尷尬，心下更是沮喪：「她終究不肯嫁我。」

歐陽鋒笑道：「藥兄，咱哥兒華山一別，多年沒會了。承你瞧得起，許了舍姪的婚事，今後你有甚麼差遣，做兄弟的決不敢說個不字。」黃藥師道：「誰敢來招惹你這老毒物？你在西域這許多年，練了些甚麼厲害功夫啊，顯點出來瞧瞧罷。」

黃蓉聽父親說要他顯演功夫，大感興趣，登時收淚，靠在父親身上，一雙眼睛盯住了歐陽鋒，見他手中拿著一根彎彎曲曲的黑色粗杖，似是鋼鐵所製，杖頭鑄著個裂口而笑的人頭，人頭口中露出尖利雪白的牙齒，模樣猙獰詭異。

歐陽鋒笑道：「我當年的功夫就不及你，現今拋荒了多年，跟你差得更遠啦。咱們現下已是一家至親，我想在桃花島多住幾日，好跟你切磋討教。」

歐陽鋒遣人來爲姪兒求婚之時，黃藥師心想，當世武功可與自己比肩的只寥寥數人，其中之一就是歐陽鋒，見來書辭卑意誠，心下歡喜。又想自己女兒任性妄爲，頑劣得緊，嫁給旁人，定然恃強欺壓丈夫，女兒自己選中的那姓郭小子愚蠢可厭，又殺了自己的弟子陳玄風，當年雖恨陳玄風盜經，待知他爲人所殺，便即轉而生憫，更生憐惜，對郭靖想起來便心中有氣。他自負聰明才智，世所罕有，女兒也是千伶百俐，他招個女婿，非才智過人不可，否則「桃花島主招了個笨女婿」，武林中成爲大笑話。他雖倜儻飄逸，於這「名」字卻瞧得過重，未免有礙，心想歐陽克既得叔父親傳，武功必定不弱，當世小一輩中只怕無人能及，歐陽鋒來書中又大誇姪兒聰明了得，即使未必是眞，也該不致過差，是以對歐陽鋒的使者竟即許婚。這時聽歐陽鋒滿口謙遜，卻不禁起疑，素知他口蜜腹劍，狡猾之極，武功上又向來不肯服人，難道他的蛤蟆功給王重陽以一陽指損傷之後，竟練不回來麼？從袖中取出玉簫，說道：「嘉賓遠來，待我吹奏一曲以娛故人。請坐了慢慢的聽罷。」

歐陽鋒知道他要以「碧海潮生曲」試探自己功力，微微一笑，左手輕揮，提著紗燈的三十二名白衣女子姍姍上前，拜倒在地。歐陽鋒笑道：「這三十二名處女，是兄弟派人到各地採購來的，當作一點微禮，送給老友。她們曾由名師指點，歌舞彈唱，也都還來得。只不過西域鄙女，論顏色是遠遠不及江南佳麗的了。」

黃藥師道：「兄弟素來不喜此道，自先室亡故，更視天下美女如糞土。鋒兄厚禮，不敢拜領。」歐陽鋒笑道：「聊作視聽之娛，以遣永日，亦復何傷？」

那些女子膚色白皙，多數身材高大，或金髮碧眼，或棕髮灰眼，和中土女子大不相同。但容貌艷麗，姿態妖媚，亦自動人。歐陽鋒手掌擊了三下，八名女子取出樂器，彈奏起來，餘下二十四人翩翩起舞。八件樂器非琴非瑟，樂音節奏頗爲怪異。衆女前伏後起，左迴右旋，身子柔軟已極，每個人與前後之人緊緊相接，恍似一條長蛇，每人雙臂伸展，自左手指尖至右手指尖，扭扭曲曲，也如一條蜿蜒遊動的蛇一般。

黃蓉想起歐陽克所使的「靈蛇拳」來，向他望了一眼，只見他雙眼正緊緊的盯住自己，心想此人可惡已極，適才擲出金針爲父親擋開，必當另使計謀傷他性命，那時候父親就算要再逼我嫁他也無人可嫁了，這叫作「釜底抽薪」之計，想到得意處，不禁臉現微笑。歐陽克還道她對自己忽然有情，心下大喜，連胸口的疼痛也忘記了。

這時眾女舞得更加急了，媚態百出，變幻多端，跟著雙手虛撫胸臀，作出寬衣解帶、投懷送抱的諸般姿態。黃藥師只是微笑，看了一會，玉簫就唇，吹了幾聲。眾女突然間同時全身震盪，舞步頓亂，簫聲又再響得幾下，眾女便即隨著簫聲而舞。

歐陽鋒見情勢不對，雙手一拍，一名侍女抱著一具鐵箏走上前來。這時歐陽克漸感心旌搖動。八女樂器中所發出的音調節奏，也已跟隨黃藥師的簫聲伴和。眾蛇夫已在蛇羣中上下跳躍、前後奔馳了。歐陽鋒在箏絃上錚錚錚的撥了幾下，發出金戈鐵馬的肅殺之聲，立時把簫聲中的柔媚之音沖淡了幾分。

黃藥師笑道：「來，來，咱們合奏一曲。」他玉簫一離唇邊，眾人狂亂之勢登緩。

歐陽鋒叫道：「大家把耳朵塞住了，我和黃島主要奏樂。」他隨來的眾人知道這一奏非同小可，臉現驚惶之色，紛撕衣襟，先在耳中緊緊塞住，再在頭上密密層層的包了，只怕漏進一點聲音入耳。連歐陽克也忙以棉花塞住雙耳。

黃蓉道：「我爹爹吹簫給你聽，給了你多大臉面，你竟塞起耳朵，太也無禮。來到桃花島上作客，膽敢侮辱主人！」黃藥師道：「這不算無禮。他不敢聽我簫聲，乃有自知之明。先前他早聽過一次了，哈哈。你叔公鐵箏之技妙絕天下，你有多大本事敢聽？那是輕易試得的麼？」從懷裏取出一塊絲帕撕成兩半，把她兩耳掩住了。

郭靖好奇心起，倒要聽聽歐陽鋒的鐵箏是如何的厲害法，反走近幾步。

黃藥師向歐陽鋒道：「你的蛇兒不能掩住耳朵。」轉頭向身旁的啞巴老僕打了個手勢，那老僕點點頭，向驅蛇男子的頭腦揮了揮手，要他領下屬避開。那些人巴不得溜之大吉，見歐陽鋒點頭示可，忙驅趕蛇羣，隨著啞巴老僕指點的途徑，遠遠退去。

歐陽鋒道：「兄弟功夫不到之處，請藥兄容讓三分。」盤膝坐在一塊大石之上，閉目運氣片刻，右手五指揮動，鏗鏗鏘鏘的彈了起來。

秦箏本就聲調淒楚激越，他這西域鐵箏樂音更是悽厲。郭靖不懂音樂，但這箏聲每一音都和他心跳相一致。鐵箏響一聲，他心一跳，箏聲越快，自己心跳也逐漸加劇，只感胸口怦怦而動，極不舒暢。再聽少時，一顆心似乎要跳出腔子來，斗然驚覺：「若他箏聲再急，我豈不是要給他引得心跳而死？」急忙坐倒，寧神屏思，運起全眞派道家內功，心跳便即趨緩，過不多時，箏聲已不能帶動他心跳。

只聽得箏聲漸急，到後來猶如金鼓齊鳴、萬馬奔騰一般，驀地裏柔韻細細，一縷簫聲幽幽的混入了箏音之中，郭靖只感心中一蕩，臉上發熱，忙又鎮懾心神。鐵箏聲音雖響，始終掩沒不了簫聲，雙聲雜作，音調怪異之極。鐵箏猶似荒山猿啼、深林梟鳴，玉簫恰如春日和歌、深閨私語。一個極盡慘厲悽切，一個卻柔媚宛轉。此高彼低，彼進此退，互不相下。

黃蓉耳中塞了絲巾，聽不到聲音，一直笑吟吟的望著二人吹奏，看到後來，只見二人神色鄭重，父親站起身來，邊走邊吹，腳下踏著八卦方位。她知道這是父親平日修習上乘內功時所用的姿式，必是對手極為厲害，是以要出全力對付，再看歐陽鋒頭頂猶如蒸籠，一縷縷的熱氣直往上冒，雙手彈箏，兩手衣袖有時鼓風脹大，有時揮出陣陣風聲，看模樣也當是絲毫不敢怠懈。

郭靖在竹林中聽著二人吹奏，思索這玉簫鐵箏跟武功有甚麼干係，何以這兩般聲音有恁大魔力，引得人心中把持不定？當下凝守心神，不為樂聲所動，然後細辨簫聲箏韻，聽了片刻，只覺一柔一剛，相互激盪，或猱進以取勢，或緩退以待敵，正與高手比武一般無異，再想多時，終於明白：「是了，黃島主和歐陽鋒正以上乘內功互相比拚。」想明了此節，閉目聽鬥。

他原本運氣同時抵禦簫聲箏音，甚感吃力，這時心無所滯，身在局外，靜聽雙方勝敗，樂音與他心靈已不起感應，但覺心中一片空明，諸般細微之處反聽得更加明白。周伯通授了他七十二路「空明拳」，要旨原在「以空而明」四字，若以此拳理與黃藥師、歐陽鋒相鬥，他既內力不如，自難取勝，但若置心局外，卻能因內心澄澈而明解妙詣，常言道：「冷眼旁觀」，他此時則做到了「冷耳旁聽」。他一直不明白自己內力遠遜於周伯通，何以抗禦簫聲之能反較他為強，只因那晚周伯通身在局中，又因昔年的一段情孽，魔由心生，致為簫聲所乘，郭靖童貞無邪，卻不是純由內力高低而決強弱。

這時郭靖只聽歐陽鋒初時以雷霆萬鈞之勢要將黃藥師壓倒，簫聲東閃西避，但只要箏聲中有些微間隙，便立時透了出來。過了一陣，箏音漸緩，簫聲卻愈吹愈迴腸盪氣。郭靖忽地想到周伯通教他背誦的「空明拳」拳訣中的兩句：「剛不可久，柔不可守。」果然甫當玉簫吹到清羽之音，猛然間錚錚之聲大作，鐵箏重振聲威。

郭靖雖將「空明拳」拳訣讀得爛熟，但他悟性本低，周伯通又不善講解，於其中含義，十成中也懂不了一成，這時聽著兩大高手以樂聲比試，雙方攻拒進退，與他所熟讀的拳訣似有暗合，本來不懂的所在，經兩般樂音數度拚鬥，漸漸明白了其中的一些關竅，不禁歡喜。跟著又隱隱覺得，近來周大哥所授武功訣要，有些句子與此刻耳中所聞的箏韻簫聲似乎也可互通，但訣要深奧，未經詳細講解，此刻兩般樂音紛至沓來，他一想到訣要句子，心中混亂，知道危機重重，立時撇開，再也不敢將思路帶上去。

再聽一會，忽覺兩般樂音的消長之勢、攻合之道，卻有許多地方與所習訣要甚不相同，心下疑惑，不明其故。好幾次黃藥師明明已可獲勝，只要簫聲多幾個轉折，歐陽鋒勢必抵擋不住；而歐陽鋒卻也錯過了不少可乘之機。

郭靖本來還道雙方互相謙讓，再聽一陣，卻又不像。他資質雖鈍，但兩人反覆吹奏攻拒，聽了小半個時辰下來，也已明白了一些簫箏之聲中攻伐解禦的法門。再聽一會，忽然想起：「依照空明拳拳訣中的道理，他們雙方的攻守之中，好似各有破綻和不足之處，難道周大哥傳我的口訣，竟比黃島主和西毒的武功還要厲害麼？」轉念一想：「一定不對！倘若周大哥武功眞的高過黃島主，這一十五年之中他二人已不知拚鬥過多少次，豈能仍給困在岩洞之中？」

他呆呆的想了良久，只聽得簫聲越拔越高，只須再高得少些，歐陽鋒便非敗不可，但至此為極，說甚麼也高不上去了，終於大悟，不禁啞然失笑：「我眞是蠢得到了家！人力有時而窮，心中所想的事，十九不能做到。我知道一拳打出，如有萬斤之力，敵人必然粉身碎骨，可是我拳上又如何能有萬斤的力道？四師父常說：『看人挑擔不吃力，自己挑擔壓斷脊。』挑擔尚且如此，何況是這等高深的武功。」

只聽得雙方所奏樂聲愈來愈急，已到了短兵相接、白刃肉搏的關頭，再鬥片刻，必將分出高下，正自替黃藥師躭心，突然間遠處海上隱隱傳來一陣長嘯。

黃藥師和歐陽鋒同時心頭一震，簫聲和箏聲登時都緩了。那嘯聲卻愈來愈近，想是有人乘船近島。歐陽鋒揮手彈箏，錚錚兩下，聲如裂帛，遠處那嘯聲忽地拔高，與他交上了手。過不多時，黃藥師的洞簫也加入戰團，簫聲有時與長嘯爭持，有時又與箏音纏鬥，三般聲音此起彼伏，鬥在一起。郭靖曾與周伯通玩過四人相搏之戲，於這三國交兵的混戰局面並不生疏，心知必是又有一位武功極高的前輩到了。

這時發嘯之人已近在身旁樹林之中，嘯聲忽高忽低，時而如虎嘯獅吼，時而如馬嘶驢鳴，或若長風振林，或若微雨濕花，極盡千變萬化之致。簫聲清柔，箏聲淒厲，卻也各呈妙音，絲毫不落下風。三般聲音糾纏在一起，鬥得難解難分。

郭靖聽到精妙之處，不覺情不自禁的張口高喝：「好啊！」他一聲喝出便即驚覺，待要逃走，突然青影閃動，黃藥師已站在面前。這時三般樂音齊歇，黃藥師低聲喝道：「好小子，隨我來。」郭靖只得叫了聲：「黃島主。」硬起頭皮，隨他走入竹亭。

黃蓉耳中塞了絲巾，並未聽到他這一聲喝采，突然見他進來，驚喜交集，奔上來握住他的雙手，叫道：「靖哥哥，你終於來了……」神情又喜悅，又悲苦，一言未畢，眼淚已流了下來，跟著撲入他的懷中。郭靖伸臂摟住了她。

歐陽克見到郭靖本已心頭火起，見黃蓉和他這般親熱，更加惱怒，晃身搶前，揮拳向郭靖迎面猛擊過去，一拳打出，這才喝道：「臭小子，你也來啦！」

他自忖武功本就高過郭靖，這一拳又帶了三分偷襲之意，突然間攻敵不備，料想必可打得對方目腫鼻裂，出一口心中悶氣。不料郭靖此時身上的功夫，較之在寶應劉氏宗祠中與他比拳時已大不相同，眼見拳到，身子略側，便已避過，跟著左手發「鴻漸於陸」，右手發「亢龍有悔」，雙手各使一招降龍十八掌中的高招。這降龍十八掌掌法之妙，天下無雙，一招已難抵擋，何況他以周伯通雙手互搏，一人化二的奇法分進合擊？以黃藥師、歐陽鋒眼界之寬，腹笥之廣，卻也是從所未見，都不禁一驚。

歐陽克方覺他左掌按到自己右脅，已知這是降龍十八掌中的厲害家數，只可讓，不可擋，忙向左急閃，郭靖那一招「亢龍有悔」剛好湊上，蓬的一聲，正擊在他左胸之上，喀喇聲響，打斷了一根肋骨。他當對方掌力及胸之際，已知若以硬碰硬，自己心肺均有為掌力震碎之虞，忙順勢後縱，郭靖右掌之力，再加上他向後飛縱，身子直飛上竹亭，在竹亭頂上踉蹌數步，這才落地，心中羞慚，胸口劇痛，慢慢走回。

郭靖這下出手，不但東邪西毒齊感詫異，歐陽克驚怒交迸，黃蓉拍手大喜，連他自己也大出意料之外，不知自己武功已然大進，還道歐陽克忽爾疏神，以致給自己打了個措手不及，只怕他要使厲害殺手反擊，退後兩步，凝神待敵。

歐陽鋒怒目向他斜視一眼，高聲叫道：「洪老叫化，恭喜你收的好徒兒啊。」

這時黃蓉早已解下耳上絲巾，聽歐陽鋒這聲呼叫，知是洪七公到了，眞是天上送下來的救星，發足向竹林外奔去，大聲叫道：「師父，師父。」

黃藥師一怔：「怎地蓉兒叫老叫化作師父？」只見洪七公背負大紅葫蘆，右手拿著竹杖，左手牽著黃蓉的手，笑吟吟的走進竹林。黃藥師與洪七公見過了禮，寒暄數語，便問女兒：「蓉兒，你叫七公作甚麼？」黃蓉道：「我拜了七公他老人家為師，事先來不及求你允許。你平日常稱道七公本領高強，為人仁義，女兒聽得多了，料想你必定贊成。爹爹，女兒事先沒請示你，是女兒不對，你別見怪吧！」黃藥師大喜，向洪七公道：「七兄青眼有加，兄弟感激不盡，只小女胡鬧頑皮，還盼七兄多加管教。」說著深深一揖。

洪七公聽黃蓉說她父親平日常稱道自己，也甚高興，笑道：「藥兄獨創武學，博大精深，這小妮子一輩子也學不了，又怎用得著我來多事？不瞞你說，我收她為徒，其志在於吃白食，騙她時時燒些好菜給我吃，你也不用謝我。」說著兩人相對大笑。

黃蓉指著歐陽克道：「爹爹，這壞人欺侮我，若不是七公他老人家瞧在你的面上出手相救，你早見不到蓉兒啦。」黃藥師斥道：「胡說八道！好端端的他怎會欺侮你？」

黃蓉道：「爹爹你不信，我來問他。」轉頭向著歐陽克道：「你先罰個誓，若是回答我爹爹的問話中有半句謊言，日後便給你叔叔所養的怪蛇咬死。」她此言一出，歐陽鋒與歐陽克立即臉色大變。

原來歐陽鋒杖頭鐵蓋如以機括掀開，現出兩個小洞，洞中各有一條小毒蛇爬出，蜿蜒遊動，可用以攻敵。這兩條小蛇是花了十多年的功夫養育而成，以數種最毒之蛇相互雜交，才產下這兩條毒中之毒的怪蛇下來。歐陽鋒懲罰手下叛徒或強敵對頭，常使杖頭的怪蛇咬他一口，遭咬之人渾身奇癢難當，不久斃命。歐陽鋒雖有解藥，但蛇毒入體之後，縱然服藥救得性命，也不免受苦百端，武功大失。黃蓉見歐陽克驅趕蛇羣，料想歐陽鋒親自所養的毒蛇一定更加怪異厲害，順口一句，恰正說到西毒叔姪最犯忌之事。

歐陽克道：「岳父大人問話，我焉敢打誑。」黃蓉啐道：「你再胡言亂語，我先打你老大幾個耳括子。我問你，我跟你在燕京趙王府中見過面，是不是？」

歐陽克肋骨折斷，胸口又中了她的金針，疼痛難當，只是要強好勝，拚命運內功忍住，不說話時還可運氣強行抵擋，剛才說了那兩句話，已痛得額頭冷汗直冒，聽黃蓉又問，再也不敢開口回答，只得點頭。

黃蓉又道：「那時你與沙通天、彭連虎、梁子翁、靈智和尚他們聯了手來打我一個人，是不是？」歐陽克待要分辯，說明並非自己約了這許多好手來欺侮她，但只說了一句：「我……我不是和他們聯手……」胸口已痛得不能再吐一字。

黃蓉道：「好罷，我也不用你答話，你聽了我的問話，只須點頭或搖頭便是。我問你：沙通天、彭連虎、梁子翁、靈智和尚這干人都跟我作對，是不是？」歐陽克點了點頭。黃蓉道：「他們都想抓住我，都沒能成功，後來你就出手了，是不是？」歐陽克只得又點了點頭。黃蓉又道：「那時我在趙王府的大廳之中，並沒誰來幫我，孤另另的好不可憐。我爹爹又不知道，沒來救我，是不是？」歐陽克明知她是要激起父親憐惜之情，因而對他厭恨，但事實確是如此，難以抵賴，只得又再點頭。

黃蓉牽著父親的手，說道：「爹，你瞧，你一點也不可憐蓉兒，要是媽媽還在，你一定不會這樣待我……」黃藥師聽她提到過世的愛妻，心中一酸，伸出左手摟住了她。

歐陽鋒見形勢不對，接口道：「黃姑娘，這許多成名的武林人物要留住你，但你身有家傳的絕世武藝，他們都奈何你不得，是不是？」黃蓉笑著點頭。黃藥師聽歐陽鋒讚她家傳武功，微微一笑。歐陽鋒轉頭說道：「藥兄，舍姪見了令愛如此身手，傾倒不已，這才飛鴿傳書，一站接一站的將訊息自中原傳到白駝山，求兄弟萬里迢迢的趕到桃花島親來相求，以附婚姻。兄弟雖然不肖，但要令我這般馬不停蹄的兼程趕來，當世除了藥兄而外，也沒第二人了。」黃藥師笑道：「有勞大駕，可不敢當。」想到歐陽鋒以如此身分，竟遠道來見，卻也不禁得意。

歐陽鋒轉身向洪七公道：「七兄，我叔姪傾慕桃花島的武功人才，怎麼又要你瞧不順眼了，跟小輩當起眞來？不是舍姪命長，早已喪生在你老哥滿天花雨擲金針的絕技之下了。」洪七公當日出手相救歐陽克逃脫黃蓉所擲的鋼針，這時聽歐陽鋒反以此相責，知道若非歐陽克謊言欺叔，便是歐陽鋒故意顚倒黑白，他也不願置辯，哈哈一笑，拔下葫蘆塞子，喝了一大口酒。

郭靖卻已忍耐不住，叫道：「是七公他老人家救了你姪兒的性命，你怎麼反恁地說？」黃藥師喝道：「我們說話，怎容得你這小子來插嘴？」郭靖急道：「蓉兒，你把他……強搶程大小姐的事說給你爹爹聽。」

黃蓉深悉父親性子，知他素來厭憎世俗之見，常道：「禮法豈爲吾輩而設？」平素思慕晉人的率性放誕，行事但求心之所適，常人以爲是的，他或以爲非，常人以爲非的，他卻又以爲是，因此上得了個「東邪」的諢號。這時她想：「這歐陽克所作所爲十分討厭，但爹爹或許反說他風流瀟洒。」見父親對郭靖橫眼斜睨，一臉不以爲然的神色，計上心來，又向歐陽克道：「我問你的話還沒完呢！那日你和我在趙王府比武，你兩隻手縛在背後，說道不用手、不還招便能勝我，是不是？」歐陽克點頭承認。

黃蓉又問：「後來我拜了七公他老人家爲師，在寶應第二次跟你比武，你說任憑我用爹爹或是七公所傳的多少武功，你都只須用你叔叔所傳的一門拳法，就能將我打敗，是麼？」歐陽克心想：「那是你定下來的法子，可不是我定的。」黃蓉見他神色猶疑，追問道：「你在地下用腳尖畫了個圈子，說道只消我用爹爹所傳的武功將你逼出這圈子，你便算輸了，是不是？」歐陽克點了點頭。

黃蓉對父親道：「爹，你聽，他既瞧不起七公，也瞧不起你，說你們兩人的武藝就是加在一起，也遠不及他叔叔的。那不是說你們兩人聯起手來，也打不過他叔叔嗎？我可不信了。」黃藥師道：「小丫頭別搬嘴弄舌。天下武學之士，誰不知東邪、西毒、南帝、北丐的武功銖兩悉稱，功力悉敵。」他口中雖如此說，對歐陽克的狂妄已頗感不滿，不願多提此事，轉頭向洪七公道：「七兄，大駕光臨桃花島，不知有何貴幹。」

洪七公道：「我來向你求一件事。」

洪七公雖滑稽玩世，但爲人正直，行俠仗義，武功又是極高，黃藥師對他向來甚爲欽佩，又知他就有天大事情，也只是和屬下丐幫中人自行料理，這時聽他說有求於已，不禁十分高興，忙道：「咱們數十年的交情，七兄有命，小弟敢不遵從？」

洪七公道：「你別答允得太快，只怕這件事不易辦。」黃藥師笑道：「若是易辦之事，七兄也想不到小弟了。」洪七公拍手笑道：「是啊，這才是知己的好兄弟呢！那你是答允定了？」黃藥師道：「一言爲定！火裏火裏去，水裏水裏去！」他素知洪七公爲人正派，所求者必非歹事，因此答允得甚是爽快。

歐陽鋒蛇杖一擺，插口道：「藥兄且慢，咱們先問問七兄是甚麼事？」洪七公笑道：「老毒物，這不干你的事，你別來橫裏囉唆，你打疊好肚腸喝喜酒罷。」歐陽鋒奇道：「喝喜酒？」洪七公道：「不錯，正是喝喜酒。」指著郭靖與黃蓉道：「這兩個都是我徒兒，我已答允他們，要向藥兄懇求，讓他們成親。現下藥兄已經答允了。」

郭靖與黃蓉又驚又喜，互相對望。歐陽鋒叔姪與黃藥師卻都吃了一驚。歐陽鋒道：「七兄，你此言差矣！藥兄的千金早已許配舍姪，今日兄弟就是到桃花島來行納幣文定之禮的。」洪七公道：「藥兄，有這等事麼？」黃藥師道：「是啊，七兄別開小弟的玩笑。」洪七公沉臉道：「誰跟你們開玩笑？現今你一女許配兩家，父母之命是大家都有了。」轉頭向歐陽鋒道：「我是郭家的大媒，你的媒妁之言在那裏？」

歐陽鋒料不到他有此一問，一時倒答不上來，愕然道：「藥兄答允了，我也答允了，還要甚麼媒妁之言？」洪七公道：「你可知道還有一人不答允？」歐陽鋒道：「誰啊？」洪七公道：「哈哈，不敢，就是老叫化！」歐陽鋒聽了此言，素知洪七公性情剛烈，行事堅毅，今日勢不免要和他一鬥，但臉上神色無異，只沉吟不答。

洪七公笑道：「你這姪兒人品不端，那配得上藥兄這個花朵般的閨女？就算你們二老硬逼成親，他夫婦兩人不和，天天動刀動槍，你砍我殺，又有甚麼味兒？」

黃藥師聽了這話，心中一動，向女兒望去，只見她正含情脈脈的凝視郭靖，瞥眼之下，只覺得這楞小子實是說不出的可厭。他絕頂聰明，文事武略，琴棋書畫，無一不曉，無一不精，自來交遊的不是才子，就是雅士，他夫人與女兒也都智慧過人，想到要將獨生愛女許配給這傻頭傻腦的渾小子，當眞是一朵鮮花插在牛糞上了。瞧他站在歐陽克身旁，相比之下，歐陽克之俊雅才調無不勝他百倍，於是許婚歐陽之心更加堅決，只是洪七公面上須不好看，一轉念間便想到一策，說道：「鋒兄，令姪受了點微傷，你先給他治了，咱們從長計議。」

歐陽鋒一直在擔心姪兒的傷勢，巴不得有他這句話，當即向姪兒打個手勢，兩人走入竹林之中。黃藥師自與洪七公說些別來之情。過了一頓飯時分，叔姪二人回入亭中。歐陽鋒已爲姪兒吸出鍍金鋼針，接妥了折斷的肋骨。

黃藥師道：「小女蒲柳弱質，性又頑劣，原難侍奉君子，不意七兄與鋒兄瞧得起兄弟，各來求親，兄弟至感榮寵。小女原已先許配了歐陽氏，但七兄之命，實也難卻，兄弟有個計較在此，請兩兄瞧著是否可行？」

洪七公道：「快說，快說。老叫化不愛聽你文謅謅的鬧虛文。」

黃藥師微微一笑，說道：「兄弟這個女兒，甚麼德容言工，那是一點兒也說不上的，但兄弟總是盼她嫁個好郎君。歐陽世兄是鋒兄的賢阮，郭世兄是七兄的高徒，身世人品都是沒得說的。取捨之間，倒教兄弟好生為難，只得出三個題目，考兩位世兄一考。那一位高才捷學，小女就許配於他，兄弟決不偏袒。兩個老友瞧著好也不好？」

歐陽鋒拍掌叫道：「妙極，妙極！只是舍姪身上有傷，若要比試武功，只有等他傷好之後。」他見郭靖只一招便打傷了姪兒，倘若比武，姪兒必輸無疑，適才姪兒受傷，倒成了推託的最佳藉口。黃藥師道：「正是。何況比武動手，傷了兩家和氣。」

洪七公心想：「你這黃老邪好壞。大夥兒都是武林中人，要比試居然考文不考武，你幹麼又不去招個狀元郎做女婿？你出些詩詞歌賦的題目，我這傻徒弟就再投胎轉世，也比他不過。嘴裏說不偏袒，明明是偏袒了個十足十。如此考較，我的傻徒兒必輸。直娘賊，先跟老毒物打一架再說。」當下仰天打個哈哈，瞪眼直視歐陽鋒，說道：「咱們都是學武之人，不比武難道還比吃飯拉屎？你姪兒受了傷，你可沒傷，來來來，咱倆代他們上考場罷。」也不等歐陽鋒回答，揮掌便向他肩頭拍去。

歐陽鋒沉肩迴臂，倒退數尺。洪七公將竹棒在身旁竹几上一放，喝道：「還招罷。」語音甫畢，雙手已發了七招，端的是快速無倫。歐陽鋒左擋右閃，把七招全都讓開，右手將蛇杖插入亭中方磚縫隙，在這一瞬之間，左手也已還了七招。

黃藥師喝一聲采，並不勸阻，有心要瞧瞧這兩位與他齊名的武林高手，這些年來功夫進境到如何地步。

洪七公與歐陽鋒都是一派宗主，武功在多年前就均已登峯造極，華山論劍之後，更潛心苦練，功夫愈益精純。這次在桃花島上重逢比武，與昔年在華山論劍之時又自大不相同。兩人先是各發快招，未曾點到，即已收勢，互相試探對方虛實。兩人的拳勢掌影在竹葉之間飛舞來去，雖是試招，出手之中卻全包藏了精深的武學。

郭靖在旁看得出神，見兩人或攻或守，無一招不是出人意表的極妙之作。那九陰眞經中所載原是天下武學的要旨，不論內家外家、拳法劍術，諸般最根基的法門訣竅，都包含在眞經的上卷之內。郭靖背熟之後，雖於其中至理並不明曉，但不知不覺之間，識見已今非昔比，大不相同，這時見兩人每一攻合似都與周伯通所授訣要隱然若合符節，又都是自己做夢也未曾想到過的奇法巧招，待欲深究，兩人拳招早變，只在他心頭模模糊糊的留下一個影子。先前他聽黃藥師與歐陽鋒簫箏相鬥，那是無形內力，畢竟難與訣要印證，這有形的拳腳可就易明得多。只看得他眉飛色舞，心癢難搔。

轉眼之間，兩人已拆了三百餘招，洪七公與歐陽鋒都不覺心驚，欽服對方了得。黃藥師旁觀之下，不禁暗暗嘆氣，心道：「我在桃花島勤修苦練，只道王重陽一死，我武功已是天下第一，那知老叫化、老毒物各走別徑，又都練就了這般可敬可畏的功夫！」

歐陽克和黃蓉各有關心，只盼兩人中的一人快些得勝，但於兩人拳招中的精妙之處，卻不能領會。黃蓉一斜眼間，見身旁地下有個黑影手舞足蹈的不住亂動，抬頭看時，正是郭靖，見他臉色怪異，似是陷入了狂喜極樂之境，心下驚詫，低低的叫了聲：「靖哥哥！」郭靖並未聽見，仍自拳打足踢。黃蓉大異，仔細瞧去，才知他是在模擬洪七公與歐陽鋒的拳招。

這時相鬥的二人拳路已變，一招一式，全是緩緩發出。有時一人凝思片刻，打出一拳，對手避過之後，坐下地來休息一陣，再站起來還了一拳。這那裏是比武鬥拳，較之師徒授武還要迂緩鬆懈得多。但看兩人模樣，卻又比適才快鬥更加凝重。

黃蓉側頭去看父親，見他望著二人呆呆出神，臉上神情也甚奇特，只歐陽克卻不住的向她眉目傳情，手中摺扇輕揮，顯得十分的倜儻風流。

郭靖看到忘形處，忍不住大聲喝采叫好。歐陽克怒道：「你渾小子又不懂，亂叫亂嚷甚麼？」黃蓉道：「你自己不懂，怎知旁人也不懂？」歐陽克笑道：「他是在裝腔作勢發傻，諒他小小年紀，怎識得我叔父的神妙功夫。」黃蓉道：「你不是他，怎知他不識？」兩人一旁鬥口，黃藥師與郭靖卻充耳不聞，只凝神觀鬥。

這時洪七公與歐陽鋒都蹲在地下，一個以左手中指輕彈自己腦門，另一個捧住雙耳，都閉了眼苦苦思索，突然間發一聲喊，同時躍起來交換了一拳一腳，然後分開再想。他兩人功夫到了這境界，知己知彼，於敵己雙方各種招術均已了然於心，知道不論如何厲害的殺手，對方都能輕易化解，必得另創神奇新招，方能克敵制勝。

兩人二十年前論劍之後，一處中原，一在西域，自來不通音問，互相不知對方新練武功的路子，這時交手較量，才知兩人武功俱已大進，但相互對比竟仍與當年無異，各有所長，各有所忌，誰也剋制不了誰。眼見月光隱去，紅日東昇，兩人窮智竭思，想出了無數新招，拳法掌力，極盡千變萬化之致，但功力悉敵，始終難分高低。

郭靖目睹當世武功最強的二人拚鬥，奇招巧法，層出不窮。這些招數他看來均在似懂非懂之間，有時看到幾招，似乎與周伯通所授的拳理有些相近，跟著便模擬照學。可是剛學到一半，洪七公與歐陽鋒又有新招出來，他先前所記得的又早忘了。

黃蓉見他如此，暗暗驚奇，想道：「十餘天不見，難道他忽然得了神授天傳，武功大進？我看得莫名其妙，怎麼他能如此驚喜讚嘆？」轉念忽想：「莫非我這傻哥哥想我想得瘋了？不錯，這些日子中，我也想他想得瘋了。那日上島之後，我不該爲了想念爹爹，立刻飛奔去尋爹爹，將他撇下，回頭再去尋他，卻再也找不到了。我心中好不著急，料他也是一樣。」於是上前想拉他手。

這時郭靖正在模仿歐陽鋒反身推出的掌法，這一掌看來平平無奇，內中卻暗藏極大潛力。黃蓉剛捏住他手掌，卻不料他掌中勁力忽發，只感一股強力把自己猛推，登時身不由主的向半空飛去。郭靖手掌推出，這才知覺，叫聲：「啊喲！」縱身上去待接，黃蓉纖腰一扭，已站在竹亭頂上。郭靖落地後跟著躍起，左手拉住亭角的飛簷，借勢翻上。兩人並肩坐在竹亭頂上，居高臨下的觀戰。

此時場上相鬥的情勢，又已生變，只見歐陽鋒蹲在地下，雙手彎與肩齊，宛似一隻大青蛙般作勢相撲，口中發出牯牛嘶鳴般的咕咕之聲，時歇時作。

黃蓉見他形相滑稽，低聲笑道：「靖哥哥，他在幹甚麼？」郭靖剛說得一句：「我也不知道啊！」忽然想起周伯通所說王重陽以「一陽指」破歐陽鋒「蛤蟆功」之事，點頭道：「是了，這是他一門極厲害的功夫，叫做蛤蟆功。」黃蓉拍手笑道：「眞像一隻癩蛤蟆！」

原來蛤蟆冬眠之期極久，在土中隱藏多時，積蓄體力，一出土便精神百倍。歐陽鋒所練蛤蟆功主旨與此相仿，平日練功，長期蓄力，臨敵時一鼓使出。又月中蟾蜍，俗稱蛤蟆，此功於夜中對著月亮中黑影而練，故有此稱。

歐陽克見兩人偎倚在一起，指指點點，又說又笑，不覺醋心大起，待要躍上去與郭靖拚鬥，卻胸痛仍劇，使不出氣力，又自料非他之敵，隱隱聽得黃蓉說：「眞像一隻癩蛤蟆。」還道兩人譏嘲他癩蛤蟆想吃天鵝肉，更怒火中燒，右手扣了三枚飛燕銀梭，悄悄繞到竹亭後面，咬牙揚手，三枚銀梭齊往郭靖背心飛去。

這時洪七公前一掌，後一掌，正繞著歐陽鋒身週轉動，以降龍十八掌和他的蛤蟆功拚鬥。這都是兩人最精純的功夫，打到此處，已不是適才那般慢吞吞的鬥智炫巧、賭奇爭勝，而是各以平生絕詣加上數十年功力相拚，到了生死決於俄頃之際。郭靖的武功原以降龍十八掌學得最精，見師父把這路掌法使將開來，變幻多方，妙用無窮，比之自己所知實不可同日而語，只看得他心神俱醉，怎料得到背後有人倏施暗算？

黃蓉不知這兩位當世最強的高手已鬥到了最緊切的關頭，尙在指點笑語，瞥眼忽見竹亭外少了一人。她立時想到歐陽克怕要弄鬼，正待察看，只聽得背後風聲勁急，有暗器射向郭靖後心，斜眼見他兀自未覺，急忙縱身伏在他背上，噗噗噗三聲，三枚飛燕銀梭都打正她背心。她穿著軟蝟甲，銀梭只打得她稍覺疼痛，卻傷害不得，反手把三枚銀梭抄在手裏，笑道：「你給我背上搔癢是不是？謝謝你啦，還給你罷。」

歐陽克見她代擋了三枚銀梭，醋意更盛，聽她這麼說，只待她還擲過來，等了片刻，卻見她把銀梭托在手裏，並不擲出，只伸出了手等他來取。歐陽克左足一點，躍上竹亭，他有意賣弄輕功，輕飄飄的在亭角上一立，白袍在風中微微擺動，果然丰神雋美，飄逸若仙。黃蓉喝一聲采，叫道：「你輕功眞好！」走上一步，伸手把銀梭還給他。

歐陽克看到她皎若白雪的手腕，心中一陣迷糊，正想在接銀梭時順便在她手腕上一摸，突然間眼前金光閃動，他吃過兩次苦頭，一個觔斗翻下竹亭，長袖舞處，把金針紛紛打落。黃蓉格格一聲笑，三枚銀梭向蹲在地下的歐陽鋒頂門猛擲下去。

郭靖驚叫：「使不得！」攔腰一把將她抱起，躍下地來，雙足尚未著地，只聽得黃藥師急叫：「鋒兄留情！」郭靖只感一股極大力量排山倒海般推至，忙將黃蓉在身旁一放，急運勁力，雙手同使降龍十八掌中的「見龍在田」，平推出去，這時只求維護黃蓉，再也顧不得招中留力，砰的一聲響，登時給歐陽鋒的蛤蟆功震得倒退了七八步。他胸口氣血翻湧，難過之極，只怕歐陽鋒這股凌厲無儔的掌力傷了黃蓉，硬生生的站定腳步，深深吸一口氣，雙掌分錯，待要再行抵擋歐陽鋒攻來的招術，見洪七公與黃藥師已雙雙擋在面前。

歐陽鋒長身直立，叫道：「慚愧，慚愧，一個收勢不及，沒傷到了姑娘麼？」

黃蓉本已嚇得花容失色，聽他這麼說，強自笑道：「我爹爹在這裏，你怎傷得了我？」

黃藥師甚是擔心，拉著她手，悄聲問道：「身上覺得有甚麼異樣？快呼吸幾口。」黃蓉依言緩吸急吐，覺得無甚不適，笑著搖了搖頭。黃藥師這才放心，斥道：「兩位伯伯在這裏印證功夫，要你這丫頭來多手多腳？歐陽伯伯的蛤蟆功非同小可，若不是他手下留情，你這條小命還在麼？」

歐陽鋒這蛤蟆功純係以靜制動，他全身涵勁蓄勢，蘊力不吐，只要敵人一施攻擊，立時便有猛烈無比的勁道反擊出來，當年雖曾給王重陽以一陽指擊損，但此後便即練功補復，他正以全力與洪七公周旋，猶如一張弓拉得滿滿地，張機待發，黃蓉貿然碰了上去，直是自行尋死。待得歐陽鋒得知向他遞招的竟是黃蓉，自己勁力早已發出，不由得大吃一驚，心想這一下闖了大禍，這個如花似玉般的小姑娘活生生的要斃於自己掌下，耳聽得黃藥師叫道：「鋒兄留情！」急收掌力，那裏還來得及，突然間一股掌力推來抵擋，他乘勢急收，看清楚救了黃蓉的竟是郭靖，心中對洪七公更是欽服：「老叫化子果然了得，連這個少年弟子也調教得有此功力！」

黃藥師在歸雲莊上試過郭靖的武功，心想：「你這小子不知天高地厚，竟敢出手抵擋歐陽鋒的生平絕技蛤蟆功，若不是他瞧在我臉上手下留情，你早給打得骨斷筋折了。」他不知郭靖功力與在歸雲莊時已自不同，適才這一下確是他救了黃蓉性命，但見這傻小子爲了自己女兒奮不顧身，對他的惡感登時消去了大半，心想：「這小子性格誠篤，對蓉兒確是一片痴情，蓉兒是不能許他的，可得好好賞他些甚麼。」見這小子雖傻不楞登，但這個「痴」字，卻大合自己脾胃。

洪七公又叫了起來：「老毒物，眞有你的！咱倆勝敗未分，再來打啊！」歐陽鋒叫道：「好，我是捨命陪君子。」洪七公笑道：「我不是君子，你捨命陪叫化罷！」身子一晃，又躍入場中。

歐陽鋒正要跟出，黃藥師伸出左手一攔，朗聲說道：「且慢，七兄、鋒兄，你們兩位拆了千餘招，兀自不分高下。今日兩位都是桃花島的嘉賓，不如多飲幾杯兄弟自釀的美酒。華山論劍之期，轉眼即屆，那時不但二位要決高下，兄弟與段皇爺也要出手。今日的較量，就到此爲止如何？」

歐陽鋒笑道：「好啊，再比下去，我是要甘拜下風了。」洪七公轉身回來，笑道：「西域老毒物口是心非，天下聞名。你說甘拜下風，那就是必佔上風。老叫化倒不大相信。」歐陽鋒道：「那我再領教七兄的高招。」洪七公袖子一揮，說道：「再好也沒有。」

黃藥師笑道：「兩位今日駕臨桃花島，原來是顯功夫來了。」

洪七公哈哈笑道：「藥兄責備得是，咱們是來求親，可不是來打架。」

黃藥師道：「兄弟原說要出三個題目，考較考較兩位世兄的才學。中選的，兄弟就認他爲女婿；不中的，兄弟也不讓他空手而回。」洪七公道：「怎麼？你還有一個女兒？」黃藥師笑道：「現今還沒有，就是趕著娶妻生女，也來不及啦。兄弟九流三教、醫卜星相的雜學，都還粗識一些。那一位不中選的世兄，若不嫌鄙陋，願意學的，任選一項功夫，兄弟必當盡心傳授，不讓他白走桃花島這一遭。」

洪七公素知黃藥師之能，心想郭靖若不能爲他之婿，得他傳授一門功夫，那也終身受用不盡，只說到出題考較甚麼的，黃老邪心存偏袒，郭靖必輸無疑，又未免太也吃虧。

歐陽鋒見洪七公沉吟未答，搶著說道：「好，就是這麼著！藥兄本已答允了舍姪的親事，但衝著七兄的大面子，就讓兩個孩子再考上一考。這是不傷和氣的妙法。」轉頭向歐陽克道：「待會若是你及不上郭世兄，那可是你自己無能，怨不得旁人，咱們歡歡喜喜的喝郭世兄一杯喜酒就是。要是你再有三心兩意，旁生枝節，那可太不成話了，不但這兩位前輩容你不得，我也不能輕易饒恕。」

洪七公仰天打個哈哈，說道：「老毒物，你是十拿九穩的能勝了，這番話是說給我師徒聽的，叫我們考不上就乖乖的認輸。」歐陽鋒笑道：「誰輸誰贏，豈能預知？只不過以你我身分，輸了自當大大方方的認輸，難道還能撒賴胡纏麼？藥兄，便請出題。」

黃藥師存心要將女兒許給歐陽克，決意出三個他必能取勝的題目，可是如明擺著偏袒，既有失自己高人身分，又不免得罪了洪七公，正自尋思，洪七公道：「咱們都是打拳踢腿之人，藥兄你出的題目，可得須是武功上的事兒。倘若考甚麼詩詞歌賦、念經畫符的勞什子，那我們師徒乾脆認栽，拍拍屁股走路，也不用丟醜現眼啦。」

黃藥師道：「這個自然。第一道題目就是比試武藝。」歐陽鋒道：「那不成，舍姪眼下身上有傷。」黃藥師笑道：「這個我知道。我也不會讓兩位世兒在桃花島上比武，傷了兩家和氣。」歐陽鋒道：「不是他們兩人比？」黃藥師道：「不錯。」歐陽鋒笑道：「是啦！那是主考官出手考試，每個人試這麼幾招。」

黃藥師搖頭道：「也不是。如此試招，難保沒人說我存心偏袒，出手之中，有輕重之別。鋒兄，你與七兄的功夫同是練到了登峯造極、爐火純青的地步，剛才拆了千餘招不分高低，現下你試郭世兄，七兄試歐陽世兄。」

洪七公心想：「這倒公平得很，黃老邪果眞聰明，單是這個法子，老叫化便想不出。」笑道：「這法兒倒不壞，來來來，咱們幹幹。」說著便向歐陽克招手。

黃藥師道：「且慢，咱們可得約法三章。第一，歐陽世兄身上有傷，不能運氣用勁，因此大家只試武藝招術，不考功力深淺。第二，你們四位在這兩棵松樹上試招，那一個小輩先落地，就是輸了。」說著向竹亭旁兩棵高大粗壯的松樹一指，又道：「第三，鋒兄、七兄那一位如果出手太重，不愼誤傷了小輩，也就算輸。」

洪七公奇道：「傷了小輩算輸？」黃藥師道：「那當然。你們兩位這麼高的功夫，假如不定下這一條，只要一出手，兩位世兄還有命麼？七兄，你只要碰傷歐陽世兄一塊油皮，你就算輸，鋒兄也是這般。兩個小輩之中，總有一個是我女婿，豈能一招之間，就傷在你兩位手下。」洪七公搔頭笑道：「黃老邪刁鑽古怪，果然名不虛傳。打傷了對方反而算輸，這規矩可算得千古奇聞。好罷，就這麼著。只要公平，老叫化便幹。」

黃藥師一擺手，四人都躍上了松樹，分成兩對。洪七公與歐陽克在右，歐陽鋒與郭靖在左。洪七公仍嬉皮笑臉，餘下三人卻都神色肅然。

黃蓉知道歐陽克武功原比郭靖爲高，幸而他身上受了傷，但現下這般比試，他輕功了得，顯然仍比郭靖佔了便宜，不禁擔憂，只聽得父親朗聲道：「我叫一二三，大家便即動手。歐陽世兄、郭世兄，你們兩人誰先掉下地來就是輸了！」黃蓉暗自籌思相助郭靖之法，但想歐陽鋒功夫如此厲害，自己如何插得下手去？

黃藥師叫道：「一、二、三！」松樹上人影飛舞，四人動上了手。

黃蓉關心郭靖，單瞧他與歐陽鋒對招，但見兩人轉瞬之間已拆了十餘招。她和黃藥師都不禁暗暗驚奇：「怎麼他的武功忽然之間突飛猛進，拆了這許多招還不露敗象？」歐陽鋒更覺焦躁，掌力漸放，著著進逼，可是又怕打傷了他，靈機忽動，雙足猶如車輪般交互橫掃，要將他踢下松樹。郭靖使出降龍十八掌中「飛龍在天」的功夫，不住高躍，雙掌如刀似剪，掌掌往對方腿上削去。

黃蓉心中怦怦亂跳，斜眼往洪七公望去，只見兩人打法又自不同。歐陽克使出輕功，在松枝上東奔西逃，始終不與洪七公交拆一招半式。洪七公逼上前去，歐陽克不待他近身，早已逃開。洪七公心想：「這廝鳥一味逃閃，拖延時刻。郭靖那傻小子卻和老毒物貨眞價實的動手，當然是先落地。哼，憑你這點兒小小奸計，老叫化就能輸在你手下？」忽地躍起空中，十指猶如鋼爪，往歐陽克頭頂撲擊下來。

歐陽克見他來勢凌厲，顯非比武，而是要取自己性命，心下大驚，急忙向右竄去。那知洪七公這一撲卻是虛招，料定他必會向右閃避，當即在半空中扭動腰身，已先落上了右邊樹梢，雙手往前疾探，喝道：「輸就算我輸，今日先斃了你！瞧你死鬼能不能娶妻？」歐陽克見他竟能空中轉身，已嚇得目瞪口呆，聽他這麼呼喝，那敢接他招數，腳下踏空，身子便即下落，正想第一道考試輸啦，忽聽風聲響動，郭靖也正自他身旁落下。

原來歐陽鋒久戰不下，心想：「若讓這小子拆到五十招以上，西毒的威名何在？」忽地欺進，左手快如閃電，來扭郭靖領口，口中喝道：「下去罷！」郭靖低頭讓過，也伸左手，反手上格。歐陽鋒突然發勁，郭靖叫道：「你……你……」正想說他不守黃藥師所定的規約，同時急忙運勁抵禦。那知歐陽鋒笑道：「我怎樣？」勁力忽收。

郭靖這一格用足了平生之力，生怕他以蛤蟆功傷害自己內臟，豈料在這全力發勁之際，對方的勁力忽然無影無蹤。他畢竟功力尚淺，那能如歐陽鋒般在倏忽之間收發自如，幸好他跟周伯通練了七十二路空明拳，於出勁留力的「悔」字訣較前體會深了，否則又必如在歸雲莊上與黃藥師過招時那樣，這一下胳臂的臼也會脫開了。饒是如此，卻也立足不穩，一個倒栽蔥，頭下腳上的撞下地來。

歐陽克是順勢落下，郭靖卻是倒著下來，兩人在空中一順一倒的跌落，眼見要同時著地。歐陽克見郭靖正在他的身邊，大有便宜可撿，當即伸出雙手，順手在郭靖雙腳腳底心一按，自己便即借勢上躍。郭靖受了這一按，下墮之勢更加快了。

黃蓉眼見郭靖輸了，叫了一聲：「啊喲！」斗然間只見郭靖身子躍在空中，砰的一聲，歐陽克橫跌在地，郭靖卻已站在一根松枝之上，借著松枝的彈力，在半空上下起伏。黃蓉這一下喜出望外，卻沒看清楚郭靖如何在這離地只有數尺的緊急當口，竟然能反敗爲勝，情不自禁的又叫了一聲：「啊喲！」兩聲同是「啊喲」，心情卻是大異了。

歐陽鋒與洪七公這時都已躍下地來。洪七公哈哈大笑，連呼：「妙極！」歐陽鋒鐵青了臉，陰森森的道：「七兄，你這位高徒武功好雜，連蒙古人的摔跤玩意兒也用上了。」洪七公笑道：「這個連我也不會，可不是我教的。你別尋老叫化晦氣。」

原來郭靖腳底給歐陽克一按，直向下墮，見歐陽克雙腿正在自己面前，危急中想也不想，當即雙手合抱，已扭住了他小腿，用力往下摔去，自身借勢上縱，這一下使的正是蒙古人盤打扭跌的法門。蒙古人摔跤之技，世代相傳，天下無對。郭靖自小長於大漠，於得江南六怪傳授武功之前，即已與拖雷等小友每日裏扭打相撲，後來更得哲別、博爾忽等高手教導，這摔跤的法門於他便如吃飯走路一般，早已熟習而流。否則以他腦筋之鈍，當此自空墮地的一瞬之間，縱然身有此技，也萬萬來不及想到使用，只怕要等騰的一聲摔在地下，過得良久，這才想到：「啊喲，我怎地不扭他小腿？」這次無意中演了一場空中摔跤，以此取勝，勝了之後，一時兀自還不大明白如何竟會勝了。

黃藥師微微搖頭，心想：「郭靖這小子笨頭笨腦，這場獲勝，顯是僥倖碰上。」說道：「這一場是郭賢姪勝了。鋒兄也別煩惱，但教令姪胸有眞才實學，安知第二三場不能取勝。」歐陽鋒道：「那麼就請藥兄出第二道題目。」黃藥師道：「咱們第二三場是文考……」黃蓉撅嘴道：「爹，你明明是偏心。剛才說好是只考武藝，怎麼又文考了？靖哥哥，你乾脆別比了。」黃藥師道：「你知道甚麼？武功練到了上乘境界，難道還一味蠻打麼？憑咱們這些人，豈能如世俗武人一般，還玩甚麼打擂台招親這等大煞風景之事……」黃蓉聽到這句話，向郭靖望了一眼，郭靖的眼光也正向她瞧來，兩人心中，同時想到了穆念慈與楊康在中都的「比武招親」，只聽黃藥師續道：「……我這第二道題目，是要請兩位賢姪品題品題老朽吹奏的一首樂曲。」

歐陽克大喜，心想這傻小子懂甚麼管絃絲竹，那自是我得勝無疑。歐陽鋒卻猜想黃藥師要以簫聲考較二人內力，適才松樹過招，他已知郭靖內力渾厚，姪兒未必勝得過他，又怕姪兒受傷之餘，再爲黃藥師的簫聲所傷，說道：「小輩們定力甚淺，只怕不能聆聽藥兄的雅奏。是否可請藥兄……」黃藥師不待他說完，便接口道：「我奏的曲子平常得緊，不是考較內力，鋒兄放心。」向歐陽克和郭靖道：「兩位賢姪各折一根竹枝，敲擊我簫聲的節拍，瞧誰打得好，誰就勝這第二場。」

郭靖上前一揖，說道：「黃島主，弟子愚蠢得緊，對音律一竅不通，這一場弟子認輸就是。」洪七公道：「別忙，別忙，反正是輸，試一試又怎地？還怕人家笑話麼？」郭靖聽師父如此說，見歐陽克已折了一根竹枝在手，只得也折了一根。

黃藥師笑道：「七兄、鋒兄在此，小弟貽笑方家了。」玉簫就唇，幽幽咽咽的吹了起來。這次吹奏不含絲毫內力，便與常人吹簫無異。

歐陽克辨音審律，按宮引商，一拍一擊，打得絲毫無誤。郭靖茫無頭緒，只是把竹枝舉在空中，始終不敢下擊，黃藥師吹了一盞茶時分，他竟未打一記節拍。歐陽叔姪甚是得意，均想這一場是贏定了，第三場既然也是文考，自必十拿九穩。

黃蓉好不焦急，將右手手指在左手腕上一拍一拍的輕扣，盼郭靖依樣葫蘆的跟著擊打，那知他抬頭望天，呆呆出神，並沒瞧見她手勢。

黃藥師又吹了一陣，郭靖忽地舉起手來，將竹枝打了下去，空的一響，剛巧打在兩拍之間。歐陽克登時哈的一聲笑了出來，心想這渾小子一動便錯。郭靖跟著再打了一記，仍打在兩拍之間，他連擊四下，記記都打錯了。

黃蓉搖了搖頭，心道：「我這傻哥哥本就不懂音律，爹爹不該硬要考他。」心中怨懟，待要想個甚麼法兒攪亂局面，叫這場比試比不成功，就算和局了事，轉頭望父親時，卻見他臉有詫異之色。

只聽得郭靖又連擊數下，簫聲忽地微有窒滯，但隨即回歸原來的曲調。郭靖竹枝連打，記記都打在節拍前後，時而快，時而慢，或搶先，或墮後，簫聲數次幾乎都給他打得荒腔亂板。這一來，不但黃藥師留上了神，洪七公與歐陽鋒也都甚爲訝異。

郭靖適才聽了三人以簫聲、箏聲、嘯聲相鬥，悟到了在樂音中攻合拒戰的法門，他絲毫不懂音律節拍，聽到黃藥師的簫聲，只道考較的是如何與簫聲相抗，便以擊打竹枝擾亂他曲調。他以竹枝打在枯竹之上，發出「空、空」之聲，饒是黃藥師的定力已爐火純青，竟也有數次險些兒把簫聲去跟隨這陣極難聽、極嘈雜的節拍。黃藥師精神一振，心想你這小子居然還有這一手，曲調突轉，緩緩的變得柔靡萬端。

歐陽克只聽了片刻，不由自主的舉起手中竹枝婆娑起舞。歐陽鋒嘆了口氣，搶過去扣住他腕上脈門，取出絲巾塞住了他的雙耳，待他心神寧定，方始放手。

黃蓉自幼聽慣了父親吹奏這「碧海潮生曲」，又曾得他詳細講解，盡知曲中諸般變化，父女倆心神如一，自是不受危害，但知父親的簫聲具有極大魔力，擔心郭靖抵擋不住。這套曲子模擬大海浩淼，萬里無波，遠處潮水緩緩推近，漸近漸快，其後洪濤洶湧，白浪連山，而潮水中魚躍鯨浮，海面上風嘯鷗飛，再加上水妖海怪，羣魔弄潮，忽而冰山飄至，忽而熱海如沸，極盡變幻之能事，潮水中男精女怪飄浮戲水，摟抱交歡，即所謂「魚龍漫衍」、「魚游春水」，水性柔靡，更勝陸地。而潮退後水平如鏡，海底卻又是暗流湍急，於無聲處隱伏凶險，更令聆曲者不知不覺而入伏，尤爲防不勝防。

郭靖盤膝坐在地下，一面運起全真派內功，摒慮寧神，抵禦簫聲的引誘，一面以竹枝相擊，擾亂簫聲。黃藥師、洪七公、歐陽鋒三人以音律較藝之時，各自有攻有守，本身固須抱元守一，靜心凝志，尚不斷尋瑕抵隙，攻擊旁人心神。郭靖功力遠遜三人，但守不攻，只一味周密防護，雖無反擊之能，但黃藥師連變數調，卻也不能將他降服。

又吹得半晌，簫聲愈來愈細，幾難聽聞。郭靖停竹凝聽。那知這正是黃藥師的厲害處，簫聲愈輕，誘力愈大。郭靖凝神傾聽，心中的韻律節拍漸漸與簫聲相合。若換作旁人，此時已陷絕境，再也無法脫身，但郭靖練過雙手互搏之術，心有二用，驚悉凶險，當下硬生生分開心神，左手除下左腳上鞋子，在空竹上「禿、禿、禿」的敲將起來。

黃藥師吃了一驚，心想：「這小子身懷異術，倒不可小覷了。」腳下踏著八卦方位，邊行邊吹。郭靖雙手分打節拍，記記都與簫聲的韻律格格不入，他這一雙手分打，就如兩人合力與黃藥師相拒一般，空空空，禿禿禿，空空空，禿禿禿，力道登時強了一倍。洪七公和歐陽鋒暗暗凝神守一，以他二人內力，專守不攻，對這簫聲自是應付裕如，卻也不敢有絲毫怠忽，若顯出行功相抗之態，不免讓對方及黃藥師小覷了。

那簫聲忽高忽低，愈變愈奇。郭靖再支持了一陣，忽聽得簫聲中飛出陣陣寒意，霎時間便似玄冰裹身，不禁簌簌發抖。洞簫本以柔和宛轉見長，這時的音調卻極具峻峭肅殺之致。郭靖漸感冷氣侵骨，知道不妙，忙分心思念那炎日臨空、盛暑鍛鐵、手執巨炭、身入洪爐種種苦熱的情狀，果然寒氣大減。

黃藥師見他左半邊身子凜有寒意，右半邊身子卻騰騰冒汗，不禁暗暗稱奇，曲調便轉，恰如嚴冬方逝，盛夏立至。郭靖剛待分心抵擋，手中節拍卻已跟上了簫聲。黃藥師心想：「此人若要勉強抵擋，還可支撐得少時，只是忽冷忽熱，日後不免害一場大病。」一音嬝嬝，散入林間，忽地曲終音歇。

郭靖呼了一口長氣，站起身來幾個踉蹌，險些又再坐倒，凝氣調息後，知道黃藥師有意容讓，上前稱謝，躬身說道：「多謝黃島主眷顧，晚輩深感大德。」

黃蓉見他左手兀自提著一隻鞋子，不禁好笑，叫道：「靖哥哥，你穿上了鞋子。」郭靖道：「是！」這才穿鞋。

黃藥師忽然想起：「這小子年紀幼小，武功卻練得如此之純，難道他是裝傻喬獃，其實卻絕頂聰明？若眞如此，我把女兒許給了他，又有何妨？」微微一笑，說道：「你很好呀，你還叫我黃島主麼？」這話明明是說三場比試，你已勝了兩場，已可改稱「岳父大人」了。

那知郭靖不懂這話中含意，只道：「我……我……」卻說不下去了，雙眼望著黃蓉求助。黃蓉芳心暗喜，右手大拇指不住彎曲，示意要他磕頭。郭靖懂得這是磕頭，當下爬翻在地，向黃藥師磕了四個頭，口中卻不說話。黃藥師笑道：「你向我磕頭幹麼啊？」郭靖道：「蓉兒叫我磕的。」

黃藥師暗嘆：「傻小子終究是傻小子。」伸手拉開了歐陽克耳上蒙著的絲巾，說道：「論內功是郭賢姪強些，但我剛才考的是音律，那卻是歐陽賢姪高明得多了……這樣罷，這一場兩人算是平手。我再出一道題目，讓兩位賢姪一決勝負。」

歐陽鋒眼見姪兒已經輸了，知他心存偏袒，忙道：「對，對，再比一場。」

洪七公含怒不語，心道：「女兒是你生的，你愛許給那風流浪子，別人也管不著。老叫化有心跟你打一架，只雙拳難敵四手，待我去邀段皇爺助拳，再來打個明白。」

黃藥師從懷中取出一本封面敝舊的白紙册子，說道：「我和拙荊就只生了這一個女兒。拙荊不幸在生她的時候去世。今承蒙鋒兄、七兄兩位瞧得起，同來求親，拙荊倘若在世，也必十分歡喜……」黃蓉聽父親說到這裏，眼圈早已紅了。黃藥師接著道：「這本册子是拙荊當年所手書，乃她心血之所寄，最近失而復得，算得是我黃門要物，我甚爲重視。現下請兩位賢姪同時閱讀一遍，然後背誦出來，誰背得又多又不錯，我就把女兒許配於他。」他頓了一頓，見洪七公在旁微微冷笑，又道：「照說，郭賢姪已多勝了一場，但這書與兄弟一生大有關連，拙荊又因此書而死，現下我默祝她在天之靈親自挑選女婿，庇佑那一位賢姪獲勝。」

洪七公再也忍耐不住，喝道：「黃老邪，誰聽你鬼話連篇？你明知我徒兒傻氣，不通詩書，卻來考他背書，還把死了的婆娘搬出來嚇人，好不識害臊！」大袖一拂，轉身便走。

黃藥師冷笑一聲，說道：「七兄，你要上桃花島來逞威，還得再學幾年功夫。」

洪七公停步轉身，雙眉上揚，道：「怎麼？講打麼？你要扣住我？」黃藥師道：「你不通奇門五行之術，若不得我允可，休想出得島去。」洪七公怒道：「我一把火燒光你的臭花臭樹。」黃藥師冷笑道：「你有本事就燒著瞧瞧。」

郭靖眼見兩人說僵了要動手，心知桃花島上的布置艱深無比，別要讓師父也失陷在島上，忙搶上一步，說道：「黃島主、師父，弟子與歐陽大哥比試一下背書就是。弟子資質魯鈍，多半要輸，那也無可奈何。」心想：「讓師父脫身而去，我和蓉兒一起跳入大海，游到筋疲力盡，一起死在海中便是。」洪七公道：「好哇！你愛丟醜，只管現眼就是，請啊，請啊！」他想必輸之事，何必去比？他本來有意和黃藥師鬧僵，混亂中師徒三人奪路便走，到海邊搶了船隻離島再說，豈知這傻徒兒全不會隨機應變，可當眞無可奈何了。

黃藥師向女兒道：「你給我乖乖的坐著，可別弄鬼。」

黃蓉不語，料想這一場郭靖必輸，父親說過是讓自己過世了的母親挑女婿，那麼以前兩場比試郭靖雖勝，卻也不算了。就算三場通計，其中第二場郭靖明明贏了，卻硬算是平手，餘下兩場互有勝敗，那麼父親又會再出一道題目，總之是要歐陽克勝了爲止，暗暗盤算和郭靖一同逃出桃花島之策。

黃藥師命歐陽克和郭靖兩人並肩坐在石上，自己拿著那本册子，放在兩人眼前。那本册子是白紙所訂成，邊角盡已摺皺，顯是久歷風霜之物，面上白紙已成黃色，留有不少手指印，以及斑斑點點的水跡，也不知是淚痕還是茶漬，還有幾個指印似乎沾了鮮血而留，雖已化成紫黑，兀自令人心驚。歐陽克見册子面上用篆文書著「九陰眞經下卷」六字，登時大喜，心想：「這九陰眞經是天下武功的絕學，岳父大人有心眷顧，讓我得閱奇書。」郭靖見了這六個篆字，卻一字不識，心道：「他故意爲難，這彎彎曲曲的蝌蚪字我那裏識得？反正認輸就是了。」

黃藥師揭開首頁，紙頁破損皺爛，但已爲人用新紙黏補，册內文字卻是用楷書繕寫，字跡娟秀，果是女子手筆。郭靖只望了一行，心中便怦的一跳，只見第一行寫道：「天之道，損有餘而補不足，是故虛勝實，不足勝有餘。」正是周伯通教他背誦的句子，再看下去，句句都是心中熟極而流的。

黃藥師隔了片刻，算來兩人該讀完了，便揭過一頁。郭靖見第二頁中有一句是「弱之勝強，柔之勝剛，天下莫不知，莫能行」是周伯通教過的，又有一句是「天下之至柔，馳騁天下之至堅」，那個「騁」字不識得，將周伯通所教背熟了的句子湊上去，跟下面識得的「天下之至堅」五字也都合適。

郭靖心中一震：「難道周大哥教我背誦的，竟就是這部書麼？怎麼黃島主手裏也有一部，又說是他夫人親挑女婿？」黃藥師見他呆呆出神，只道他早已瞧得頭昏腦脹，也不理他，仍緩緩的一頁頁揭過。

歐陽克起初幾行尚記得住，到後來見經文艱深，頗多道家術語，自己沒學過這一門內功，沒一句可解，再看到後來，經文越來越難，要記得一句半句也是不易，不禁廢然暗嘆，心想：「甚麼『五指發勁，無堅不破，摧敵首腦，如穿腐土』，那是甚麼玩意兒？九陰眞經難道這樣怪誕？」轉念又想：「不管怎樣，我總能比這傻小子記得多些。這一場考試，我卻勝定了。」言念及此，登時心花怒放，忍不住向黃蓉瞧去。

卻見她伸伸舌頭，向自己做個鬼臉，忽然說道：「歐陽世兄，你把我穆姊姊捉了去，放在那祠堂的棺材裏，活生生的悶死了她。她昨晚托夢給我，披頭散髮，滿臉是血，說要找你索命。」歐陽克早已把這件事忘了，忽聽她提起，微微一驚，失聲道：「啊喲，我忘了放她出來！」心想：「悶死了這小妞兒，倒是可惜。」但見黃蓉笑吟吟地，便知她說的是假話，問道：「你怎知她在棺材裏？是你救了她麼？」

歐陽鋒料知黃蓉有意要分姪兒心神，好教他記不住書上文字，說道：「克兒，別理旁的事，留神記書。」歐陽克一凜，道：「是。」忙轉過頭來眼望册頁。郭靖見册中所書，每句都是周伯通曾經教自己背過的，不必再讀，也都記得。

黃藥師給歐陽克與郭靖二人所讀背的，正是梅超風不久之前所繳還的九陰眞經下卷。他想二人背書之時，歐陽鋒與洪七公二人在旁聽著，洪七公聽了不打緊，歐陽鋒聽到之後，如學到了上卷中的一些綱要秘訣，以他的才智修爲，說不定能由此而增長武功。即使歐陽鋒沒聽到，歐陽克只消有自己亡妻當年十分之一的記心，也能將經文記得不少，默寫出來與他叔父共同研討，也是大有後患。因此他給二人誦讀的乃是下卷。下卷中所載功夫，若無上卷的總綱以作指歸，則讀來茫無頭緒，全然不知所云，何況最後一段怪文奇語，嘰哩咕嚕，揭諦揭諦，混亂纏夾，沒一句有半點理路可循。當年亡妻讀了之後，回房後立即默寫，而且是先默此段怪文，也即束手無策，饒是她記心絕頂，也只能對成文的文字語句過目不忘，對胡亂拼湊、全無文理可言的長篇咒語，說甚麼也記不清楚了。因此黃夫人的首次默本，上下卷文字全部記憶無誤，下卷的這段怪文咒語，卻默得凌亂顚倒，多次塗改，勾來劃去，自己渾不知有幾句是對，有幾句全然錯了。黃藥師料想本來就已多半默錯，再給歐陽克看到，他也必無法記誦，錯上加錯，不足爲患。

黃藥師緩緩揭過册頁，每一頁上都有不少斑點指印，有時連字跡也掩過了幾個。到了最後一段，盡是不成文意的嘰哩咕嚕怪文。歐陽克看得幾字，便道：「摩訶波羅，揭諦古羅……黃世伯，這一大段嘰哩咕嚕，我一句也不懂，背不來的。」黃藥師道：「你不用管，只管照讀照背便了，難是難些，若不艱難，也顯不出兩位大才。」郭靖爲了背誦這段「摩訶波羅」的怪文，當時有三天飯也吃不下，覺也睡不好，苦惱萬分，整整硬記了差不多十天，這才背出。此時見到，心中早已熟極而流。

黃藥師慢慢揭到最後一頁，見到怪文之後寫著歪歪斜斜的幾行字，心知第一行是：「恁時相見早留心，何況到如今。」第二行是：「待得酒醒君不見，千片，不隨流水即隨風。」第三行是：「人已老，事皆非，花間不飲淚沾衣，如今但欲關門睡，一任梅花作雪飛。」最後遠離數行，寫著幾個歪歪斜斜的字：「師父，師父，你快殺了我，我對你不起，我要死在你手裏，師父，師父。」

他從梅超風處拿回眞經下卷後，見抄本上淚痕點點，血跡斑斑，知道這徒兒爲此吃了大苦，不由得心生憐憫。翻到最後時見到那幾行字，憶及她昔年拉住自己左手，輕輕搖晃撒嬌央求，口叫「師父，師父！」不禁喟然長嘆。那幾句歐陽修和朱希眞的詞句，他當年曾加筆錄，大弟子曲靈風看到後，轉教了梅超風，她一直牢記在心，後來寫在眞經之後，墨跡深印，有些筆劃給沙子擦損了。料想寫時眼睛未瞎，詞句筆劃淸楚，文字緊接在怪文之後，與亡妻的字跡大不相同，如在瞎眼之後再寫，字行不能如此筆直，也難以不與怪文重疊。

他自與夫人結褵之後，夫妻情愛深篤，對梅超風話也不多說一句，此時回憶昔日情懷，又想到陳梅二弟子的私情爲曲靈風發覺、曲陳打鬥後，他從此不大理會陳梅二人，任何武功再不傳授，他二人偷盜九陰眞經，也可說是迫於無奈，一半是自己所激成，處境亦甚可憫。言念及此，不禁憮然。

當歐陽克與郭靖二人讀到最後，歐陽克兀自在「揭諦古羅……」的誦讀，未到讀完，黃藥師不願二人見到梅超風所寫的字，便將抄本合上，說道：「這些古怪文字難背得很，不用再讀了。」

黃藥師見兩人有茫然之色，問道：「那一位先背？」歐陽克心想：「册中文字艱深，我半點也不懂，難記之極。我乘著記憶猶新，必可多背一些。」便搶著道：「我先背罷。」黃藥師點了點頭，向郭靖道：「你到竹林邊上去，別聽他背書。」郭靖依言走出數十步。

黃蓉見此良機，心想咱倆正好溜之大吉，便悄悄向郭靖走去。黃藥師叫道：「蓉兒，過來。你來聽他們背書，莫要說我偏心。」黃蓉道：「你本就偏心，用不著人家說。」黃藥師笑罵：「沒點規矩。過來！」黃蓉口中說：「我偏不過來。」但知父親精明之極，他既已留心，就難以脫身，必當另想別計，慢慢的走過去，向歐陽克嫣然一笑，道：「歐陽世兄，我有甚麼好，你幹麼這般喜歡我？」

歐陽克只感一陣迷糊，笑嘻嘻的道：「妹子，你……你……」一時卻說不出話來。黃蓉又道：「你且別忙回西域去，在桃花島多住幾天。西域很冷，是不是？」歐陽克道：「西域地方大得緊，冷的處所固然很多，但有些地方風和日暖，就如江南一般。」黃蓉笑道：「我不信！你就愛騙人。」歐陽克待要辯說，歐陽鋒冷冷的道：「孩子，不相干的話慢慢再說不遲，快背書罷！」

歐陽克一怔，給黃蓉這麼一打岔，適才強記硬背的文字，果然忘記了好些，當下定一定神，慢慢的背了起來：「天之道，損有餘而補不足，是故虛勝實，不足勝有餘……」他果眞聰穎過人，前面幾句開場的總綱，背得一字不錯。但後面道家深奧的修習內功、運氣轉息、調和陰陽的法門，他全然不懂其義，十成中只背出一成；再加黃蓉在旁不住打岔，連說：「不對，背錯了！」到後來連半成也背不上來了，後面的奇文怪句，更一句也背不出來。黃藥師笑道：「背出了這許多，那可眞難爲你了。」提高嗓子叫道：「郭賢姪，你過來背罷！」

郭靖走了過來，見歐陽克面有得色，心想：「這人眞有本事，只讀一遍就把這許許多多句子都記得了。我可不成，只好照周大哥教我的背。那定然不對，卻也沒法。」

洪七公道：「傻小子，他們存心要咱們好看，爺兒倆認栽了罷。」

黃蓉忽地頓足躍上竹亭，手腕翻處，把一柄短劍抵在胸口，叫道：「爹，你倘若硬要叫我跟那個臭小子上西域去，女兒今日就死給你看罷。」黃藥師知道這個寶貝女兒說得出做得到，叫道：「放下短劍，有話慢慢好說。」

歐陽鋒將拐杖在地下一頓，嗚的一聲怪響，杖頭中飛出一件奇形暗器，筆直往黃蓉射去。那暗器去得好快，黃蓉尚未看清來路，只聽噹的一聲，手中短劍已給打落在地。

黃藥師飛身躍上竹亭，伸手摟住女兒肩頭，柔聲道：「你當眞不嫁人，那也好，在桃花島上一輩子陪著爹爹就是。」黃蓉雙足亂頓，哭道：「爹，你不疼蓉兒，你不疼蓉兒。」

洪七公見黃藥師這個當年縱橫湖海、殺人不眨眼的大魔頭，竟讓一個小女兒纏得沒做手腳處，不禁哈哈大笑。

歐陽鋒心道：「待先定下名分，打發了老叫化和那姓郭的小子，以後的事，就容易辦了。女孩兒家撒嬌撒痴，理她作甚？」說道：「郭賢姪武藝高強，內力怪異，眞乃年少英雄，記誦之學也必好的。藥兒就請他背誦一遍罷。」黃藥師道：「正是。蓉兒你再吵，郭賢姪的心思都給你攪亂啦。」黃蓉當即住口。歐陽鋒一心要郭靖出醜，道：「郭賢姪請背罷，我們大夥兒在這兒恭聽。」

郭靖羞得滿臉通紅，心道：「說不得，只好把周大哥教我的胡亂背背。」黃藥師給他二人讀的是下卷經文，從「天之道」開始，郭靖不背上卷經文，也只從「天之道」開始，於是背道：「天之道，損有餘而補不足……」這部九陰眞經的經文，他反來覆去已念了不下數百遍，這時背將出來，當眞滾瓜爛熟，再沒半點窒滯。他只背了半頁，衆人已都驚得呆了，心中都道：「此人大智若愚，原來聰明至斯。」轉眼之間，郭靖一口氣已背到第四頁上。洪七公和黃蓉深知他決無這等才智，更大惑不解，滿臉喜容之中，又都帶著萬分驚奇詫異。

黃藥師翻動手中眞經下卷的默文，聽郭靖所背，果眞一字不錯。默本中有幾句缺了幾字，或爲血漬、水漬、汗漬塗污，或爲泥沙磨損，當是爲陳玄風、梅超風盜去後在練功困境中弄損，郭靖也毫無阻滯的背誦下去，文理通順，上下連貫。有些地方引述老子《道德經》、莊子《南華經》，雖有缺字缺文，郭靖背誦時全部補足，黃藥師曾經讀過，也知不錯，心中一凜，不覺出了一身冷汗：「難道我那故世的娘子當眞顯靈，在陰世間把經文想了出來，傳了給這少年？」只聽郭靖猶在流水般背將下去，連最後那段纏夾不淸的古怪文字也十分流暢的順口全背了出來，終於全部背完。

黃藥師心想此事千眞萬確，抬頭望天，喃喃說道：「阿衡，阿衡，你對我如此情重，借這少年之口來把眞經授我，怎麼不讓我見你一面？我晚晚吹簫給你聽，你可聽見麼！」那「阿衡」是黃夫人的小字，旁人自然不知。衆人見他臉色有異，目含淚光，口中不知說些甚麼，都感奇怪。

黃藥師出了一會神，忽地想起一事，臉上猶似罩了一層嚴霜，厲聲問道：「梅超風手中的九陰眞經，你跟她在一起時，曾經看過的，是不是？」

郭靖見他眼露殺氣，甚是驚懼，說道：「弟子給梅前輩抓住了，掙扎不脫，給她當作馬騎……沒見過她的眞經，那時她只想扼死我，爲她丈夫報仇，也決計不肯讓我看甚麼眞經。」

黃藥師見他臉上沒絲毫狡詐神態，而且郭靖所背經文，尤其是末段怪話咒語，嘰哩咕嚕，更遠比筆錄本上所記爲多，心想當時亡妻記憶不全，身亡有靈，自必記憶完全了。以黃藥師之飽學才智，原不致輕易相信亡妻冥授這等虛無渺茫之事，只是他愛妻成痴，思妻近狂，只盼眞有其事，亡妻在冥中選婿，變成了一廂情願，不由得又歡喜，又酸楚，朗聲說道：「好，七兄、鋒兄，這是先室選中了的女婿，兄弟再無話說。孩子，我將蓉兒許配於你，你可要好好待她。蓉兒給我嬌縱壞了，你須得容讓三分。」

黃蓉聽得心花怒放，笑道：「我可不是好好地，誰說我給你嬌縱壞了？」

郭靖就算再傻，這時也不再待黃蓉指點，當即跪下磕頭，口稱：「多謝岳父！」

他尚未站起，歐陽克忽然喝道：「且慢！」

她獨處地下斗室，望著父親手繪的亡母遺像，思潮起伏：「我從來沒見過媽，我死了之後，能不能見到她呢？她是不是還像畫上這麼溫雅美麗？她現下卻在那裏？在天上，在地府，還是就在這壙室之中？」

# 第十九回　洪濤羣鯊

洪七公萬想不到這場背書比賽竟會如此收場，較之郭靖將歐陽克連摔十七八個觔斗都更令他驚詫十倍，只喜得咧開了一張大口合不攏來，聽歐陽克喝叫，忙道：「怎麼？你不服氣麼？」歐陽克道：「郭兄所背誦的，遠比這册頁上所載爲多，必是他得了九陰眞經原本。晚輩斗膽，要放肆在他身上搜一搜。」洪七公道：「黃島主都已許了婚，卻又另生枝節作甚？適才你叔叔說了甚麼來著？」歐陽鋒怪眼上翻，說道：「我姓歐陽的豈能任人欺蒙？」他聽了姪兒之言，料定郭靖身上必然懷有九陰眞經，此時一心想奪取經文，相較之下，黃藥師許婚與否，倒屬次要了。

郭靖解了衣帶，敞開大襟，說道：「歐陽前輩請搜便是。」跟著將懷中各物拿出，放在石上，是些銀兩、汗巾、火石之類。歐陽鋒哼了一聲，伸手到他身上去摸。

黃藥師素知歐陽鋒爲人極是歹毒，別要惱怒之中暗施毒手，他功力深湛，下手之後可解救不得，咳嗽一聲，伸出左手放在歐陽克頸後脊骨之上。那是人身要害，只要他手勁發出，立時震斷脊骨，歐陽克休想活命。

洪七公知他用意，暗暗好笑：「黃老邪偏心得緊，這時愛女及婿，反過來一心維護我這傻徒兒了。唉，他背書的本領如此了得，卻也不能算傻。」

歐陽鋒原想以蛤蟆功在郭靖小腹上偷按一掌，叫他三年後傷發而死，但見黃藥師預有提防，也就不敢下手，細摸郭靖身上果無別物，沉吟了半晌。他可不信黃夫人死後選婿這等說話，忽地想起，這小子傻裏傻氣，看來不會說謊，或能從他嘴裏套問出眞經的下落，蛇杖一抖，杖上金環噹啷啷一陣亂響，鐵蓋掀起，兩條怪蛇從杖頭圓孔中直盤上來。黃蓉和郭靖見了這等怪狀，都退後了一步。歐陽鋒尖著嗓子問道：「郭賢姪，這九陰眞經的經文，你是從何處學來的？」眼中精光大盛，目不轉睛的瞪視著他。

郭靖道：「我知道有一部九陰眞經，可是從沒見過。周伯通周大哥說道……」洪七公奇道：「你怎地叫周伯通作周大哥？你遇見過老頑童周伯通？」郭靖道：「是！周大哥和弟子結義爲把兄弟了。」洪七公笑罵：「一老一小，荒唐，荒唐！」

歐陽鋒道：「聽說黑風雙煞曾盜去眞經下卷，又聽說陳玄風是你殺的，是不是你殺陳玄風後，搶了他的眞經？」郭靖道：「那時弟子還只六歲，一字不識，不懂甚麼眞經，怎有本事搶他經書。」歐陽鋒厲聲道：「你既未見過九陰眞經，怎能背得如此純熟？」郭靖奇道：「我背的是九陰眞經？不是的。那是周大哥教我背的，是他自創的武功秘訣。他說，他師兄有遺訓，全眞派弟子，決不能學眞經上功夫……」

黃藥師暗暗嘆氣，好生失望，心想：「周伯通奉師兄遺命看管九陰眞經，他愛武成癖，這些年中，自然將經書讀了個熟透。那是半點不奇。原來鬼神之說，終屬渺茫。想來我女與他確有姻緣之分，是以如此湊巧。」

黃藥師黯然神傷，歐陽鋒卻緊問一句：「那周伯通今在何處？」郭靖正待回答，黃藥師喝道：「靖兒，不必多言。」轉頭向歐陽鋒道：「此等俗事，理他作甚？鋒兄、七兄，你我多年不見，且在桃花島痛飲三日！」

黃蓉道：「師父，我去給您做幾樣菜，這兒島上的荷花極好，荷花瓣兒蒸鷄、鮮菱荷葉羹，您一定喜歡。」洪七公笑道：「今兒遂了你的心意，瞧小娘們樂成這個樣子！」黃蓉微微一笑，說道：「師父，歐陽伯伯、歐陽世兄，請罷。」她既與郭靖姻緣得諧，喜樂不勝，對歐陽克也就消了憎恨之心，此時此刻，天下個個都是好人。

歐陽鋒向黃藥師一揖，說道：「藥兄，你的盛情兄弟心領了，今日就此別過。」黃藥師道：「鋒兄遠道駕臨，兄弟一點地主之誼也沒盡，那如何過意得去？」

歐陽鋒萬里迢迢的趕來，除了爲姪兒聯姻之外，原本另有重大圖謀。他得到姪兒飛鴿傳書，得悉九陰眞經重現人世，在黃藥師一個盲了雙眼的女棄徒手中，便想與黃藥師結成姻親之後，兩人合力，將天下奇書九陰眞經弄到手中。現下婚事不就，落得一場失意，心情沮喪，堅辭要走。歐陽克忽道：「叔叔，姪兒沒用，丟了您老人家的臉。但黃世伯有言在先，他可傳授一門功夫給姪兒。」歐陽鋒哼了一聲，心知姪兒對黃家這小妮子仍不死心，要想藉口學藝，與黃蓉多所親近，設法勾引上手。

黃藥師本以爲歐陽克比武定然得勝，所答允下的一門功夫是要傳給郭靖的，不料歐陽克竟連敗三場，也覺歉然，說道：「歐陽賢姪，令叔武功妙絕天下，旁人望塵莫及，你是家傳的武學，不必求諸外人的了。只是旁門左道之學，老朽差幸尚有一日之長。賢姪倘若不嫌鄙陋，但教老朽會的，定可傾囊相授。」

歐陽克心想：「我要選一樣學起來最費時日的本事。久聞桃花島主五行奇門之術，天下無雙，這個必非朝夕之間可以學會。」躬身下拜，說道：「小姪素來心儀世伯的五行奇門之術，求世伯恩賜教導。」

黃藥師沉吟不答，心中好生爲難，這是他生平最得意的學問，除了盡通先賢所學之外，尚有不少獨特創見，發前人之所未發，端的非同小可，連親生女兒亦以年紀幼小，尚未盡數傳授，豈能傳諸外人？但言已出口，難以反悔，只得說道：「奇門之術，包羅甚廣，你要學那一門？」

歐陽克一心要留在桃花島上，道：「小姪見桃花島上道路盤旋繁複，仰慕之極。求世伯許小姪在島上居住數月，細細研習這中間的生剋變化之道。」黃藥師臉色微變，向歐陽鋒望了一眼，心想：「你們要查究桃花島上的機巧布置，到底是何用意？」

歐陽鋒見了他神色，知他起疑，向姪兒斥道：「你也太不知天高地厚！桃花島花了黃世伯半生心血，島上布置何等奧妙，外敵不敢入侵，全仗於此，怎能對你說知？」

黃藥師一聲冷笑，說道：「桃花島就算只光禿禿一座石山，也未必就有人能來傷得了黃某人去。」歐陽鋒陪笑道：「小弟魯莽失言，藥兄萬勿見怪。」洪七公笑道：「老毒物！你這激將之計，使得可不高明呀！」黃藥師將玉簫在衣領中一插，道：「各位請隨我去書房坐坐。」歐陽克見黃藥師臉有怒色，眼望叔父請示。歐陽鋒點點頭，跟在黃藥師後面，衆人隨後跟去。

曲曲折折的轉出竹林，眼前出現一大片荷塘。塘中白蓮盛放，清香陣陣，蓮葉田田，一條小石堤穿過荷塘中央。黃藥師踏過小堤，將衆人領入一座精舍。那屋子全是以不刨皮的松樹搭成，屋外攀滿了青藤。此時雖當炎夏，但衆人一見到這間屋子，都感到一陣清涼。各人走進書房，啞僕送上茶來。茶色碧綠，冷若雪水，入口涼沁心脾。

洪七公笑道：「世人言道：做了三年叫化，連官也不願做。藥兄，我若能在你這神仙世界中住上三年，可連叫化也不願做啦！」黃藥師道：「七兄若肯在此間盤桓，咱哥兒倆飲酒談心，小弟委實求之不得。」洪七公聽他說得誠懇，心下感動，說道：「多謝了。就可惜老叫化生就了一副勞碌命，不能如藥兄這般逍遙自在，消受清福。」

歐陽鋒道：「你們兩位在一起，只要不打架，不到兩個月，必有幾套新奇的拳法劍術創了出來。」洪七公笑道：「你眼熱麼？」歐陽鋒道：「這是光大武學之舉，那是再妙也沒有了。」洪七公笑道：「哈哈，又來口是心非那一套了。」他二人雖無深仇大怨，卻素來心存嫌隙，歐陽鋒城府極深，未到一舉而能將洪七公致於死地之時，始終不跟他破臉，這時聽他如此說，笑笑不語。

黃藥師在桌邊一按，西邊壁上掛著的一幅淡墨山水忽地徐徐升起，露出一道暗門。他過去揭開暗門，取出一卷卷軸，捧在手中輕輕撫摸了幾下，對歐陽克道：「這是桃花島的總圖，島上不論大小房屋，山石道路，機關布置，門戶開闔，所有五行生剋、陰陽八卦的變化，全記在內，你拿去好好研習罷。」

歐陽克好生失望，原盼在桃花島多住一時，那知他卻拿出一張圖來，所謀眼見是難成的了，也只得躬身雙手去接。黃藥師忽道：「且慢！」歐陽克一怔，雙手縮回。黃藥師道：「你拿了這圖，到臨安府找一家客店或寺觀住下，三個月之後，我派人前來取回。圖中一切，只許心記，不得另行抄錄印摹，更不得任由旁人觀看。」歐陽克心道：

「你既不許我在桃花島居住，這邪門兒功夫我也懶得理會。這三個月之中，還得給你守著這幅圖兒，一個不小心有甚損壞失落，尙須擔待干係。這件事不幹也罷！」正待婉言辭謝，忽然轉念：「他說派人取回，必是派他女兒了，這可是大好的親近機會。」心中一喜，當即稱謝，接過圖來。

黃蓉取出那隻藏有「通犀地龍丸」的小盒，遞給歐陽鋒道：「歐陽伯伯，這是辟毒奇寶，姪女不敢拜領。」歐陽鋒心想：「此物落在黃老邪手中，他對我的奇毒便少了一層顧忌。雖然送出的物事又再收回，未免小氣，卻也顧不得了。」便接過收起，舉手向黃藥師告辭。黃藥師也不再留，送了出來。

走到門口，洪七公道：「毒兄，上次華山論劍之後五人約定，再過二十五年，只要有誰不死，再到華山絕頂二次相聚，各顯別後功夫的進退，屈指算來，這二十五年之期也快到了。你好生將養氣力，咱們再打一場大架。」

歐陽鋒淡淡一笑，說道：「我瞧你我也不必枉費心力來爭了。武功天下第一的名號，早已有了主兒。」洪七公奇道：「有了主兒？莫非你毒兄已練成了舉世無雙的絕招？」歐陽鋒微微一笑，說道：「想歐陽鋒這點兒微末功夫，怎敢覬覦『武功天下第一』的尊號？我說的是傳授這位郭賢姪功夫的那人。」洪七公笑道：「你說老叫化？這個嘛，兄弟想是想的，但藥兄的功夫日益精進，你毒兄又越活越命長，段皇爺的武功只怕也沒擱下，這就挨不到老叫化啦。」

歐陽鋒冷冷的道：「傳授過郭賢姪功夫的諸人中，未必就數七兄武功最精。」洪七公剛說了句：「甚麼？」黃藥師已接口道：「嗯，你是說老頑童周伯通？」歐陽鋒道：「是啊！老頑童既熟習九陰眞經，咱們東邪、西毒、南帝、北丐，就都遠不是他的敵手了。」黃藥師道：「那也未必盡然，經是死的，武功是活的。」

歐陽鋒先前見黃藥師岔開他問話，不讓郭靖說出周伯通的所在，心知必有蹊蹺，是以臨別之時又再提及，聽黃藥師如此說，正合心意，臉上卻不動聲色，淡淡的道：「全眞派武功非同小可，這個咱們都是領教過的。老頑童再加上九陰眞經，就算王重陽復生，也未見得能是他師弟對手，更不必說咱們幾個了。唉，全眞派該當興旺，你我三人辛勤一世，到頭來還是棋差一著。」

黃藥師道：「老頑童功夫就算比兄弟好些，可也決計及不上鋒兄、七兄，這一節我倒深知。」歐陽鋒道：「藥兄不必過謙，你我向來是半斤八兩。你既如此說，那是拿得定周伯通的功夫準不及你。這個，只怕……」說著不住搖頭。黃藥師微笑道：「到得華山論劍之時，鋒兄自然知道。」歐陽鋒正色道：「好久沒聽到老頑童的訊息，不知他現今身在何處。藥兄，你的功夫兄弟素來欽服，但你說能勝過老頑童，兄弟確是疑信參半，你可別小覷了他。」以黃藥師之智，如何不知對方又在以言語相激，只是他心高氣傲，再也按捺不下這一口氣，說道：「那老頑童就在桃花島上，已給兄弟囚禁了一十五年。」

此言一出，歐陽鋒與洪七公都吃了一驚。洪七公揚眉差愕，歐陽鋒卻哈哈大笑，說道：「藥兄好會說笑話！」

黃藥師更不打話，手一指，當先領路，他足下加勁，登時如飛般穿入竹林。洪七公左手攜著郭靖，右手攜著黃蓉，歐陽鋒也拉著姪兒手臂，兩人各自展開上乘輕功，跟隨在後，道路雖盤旋曲折，六人仍只片刻間便到了周伯通的岩洞之外。

黃藥師遠遠望見洞中無人，低呼一聲：「咦！」身子輕飄飄縱起，猶似憑虛臨空一般，幾個起落，便已躍到了洞口。

他左足剛一著地，突覺腳下一輕，踏到了空處。他猝遇變故，毫不驚慌，右足在空中虛踢一腳，已借勢躍起，反向裏竄，落下時左足在地下輕輕一點，那知落腳處仍是一個空洞。此時足下已無可借力，反手從領口中拔出玉簫，橫裏在洞壁上一撐，身子如箭般倒射出來。拔簫撐壁、反身倒躍，實只一瞬間之事。

洪七公與歐陽鋒見他身法佳妙，齊聲喝采，卻聽得「波」的一聲，只見黃藥師雙足已陷入洞外地下一個深孔之中。

他剛感到腳下濕漉漉、軟膩膩，腳已著地，足尖微一用勁，躍在半空，見洪七公等已走到洞前，地下卻無異狀，這才落在女兒身旁，忽覺臭氣沖鼻，低頭看時，雙腳鞋上都沾滿了大糞。衆人暗暗納罕，以黃藥師武功之強，機變之靈，怎會著了旁人道兒？

黃藥師氣惱之極，折了根樹枝在地下試探虛實，東敲西打，除了自己陷入過的三個洞孔之外，其餘均是實地。顯然周伯通料到他奔到洞前之時必會陷入第一個洞孔，又料到他輕身功夫了得，第一孔陷他不得，定會向裏縱躍，便又在洞內挖第二孔；又料知第二孔仍奈何他不得，算準了他退躍出來之處，再挖第三孔，並在這孔裏撒了一堆糞。

黃藥師走進洞內，見洞內除了幾隻瓦罐瓦碗，更無別物，洞壁上依稀寫著幾行字。

歐陽鋒先見黃藥師中了機關，心中暗笑，這時見他走近洞壁細看，心想這裏一針一線之微，都會干連到能否取得九陰眞經，萬萬忽略不得，忙也上前湊近去看，見洞壁上用尖利之物刻著字道：「黃老邪，我給你打斷雙腿，在這裏關了一十五年，本當也打斷你的雙腿，出口惡氣。後來想想，饒了你算了。奉上大糞成堆，臭尿數罐，請啊請啊……」在這「請啊請啊」四字之下，黏著一張樹葉，把下面的字蓋沒了。

黃藥師伸手揭起樹葉，卻見葉上連著一根細線，隨手一扯，猛聽得頭頂忽喇喇聲響，立時醒悟，忙向左躍開。歐陽鋒見機也快，一見黃藥師身形晃動，立時躍向右邊，那知乒乒乓乓一陣響，左邊右邊山洞頂上同時掉下幾隻瓦罐，兩人滿頭淋滿了臭尿。

洪七公大叫：「好香，好香！」哈哈大笑。

黃藥師氣極，破口大罵。歐陽鋒喜怒不形於色，只笑了笑。黃蓉飛奔回去，取了衣履給父親換過，又將父親的一件長袍給歐陽鋒換了。

黃藥師重入岩洞，上下左右仔細檢視，再無機關，到那先前樹葉遮沒之處看時，見刻著兩行極細之字：「樹葉決不可扯，上有臭尿淋下，千萬千萬，莫謂言之不預也。」黃藥師又好氣又好笑，猛然間想起，適才臭尿淋頭之時，那尿尚有微溫，當下返身出洞，說道：「老頑童離去不久，咱們追他去。」

郭靖心想：「兩人碰上了面，必有一番惡鬥。」待要出言勸阻，黃藥師早已向東而去。衆人知道島上道路古怪，不敢落後，緊緊跟隨，追不多時，果見周伯通在前緩步而行。黃藥師足下發勁，倏忽間已追到他身後，伸手往他頸中抓下。

周伯通向左一讓，轉過身來，叫道：「香噴噴的黃老邪啊！」

黃藥師這一抓是他數十年勤修苦練之功，端的是快捷異常，威猛無倫，他踏糞淋尿，心下惱怒之極，這一抓更是使上了十成勁力，那知周伯通隨隨便便的一個側身就避了開去，當眞舉重若輕。黃藥師心中一凜，不再進擊，定神瞧時，見他左手與右手用繩索縛在胸前，臉含微笑，神情得意之極。

郭靖搶上幾步，說道：「大哥，黃島主成了我岳父啦，大家是一家人。」周伯通嘆道：「岳甚麼父？你怎地不聽我勸？黃老邪刁鑽古怪，他女兒會是好相與的麼？你這一生一世之中，苦頭是有得吃的了。好兄弟，我跟你說，天下甚麼事都幹得，頭上天天給人淋幾罐臭尿也不打緊，就是媳婦兒娶不得。好在你還沒跟她拜堂成親，這就趕快溜之大吉罷。你遠遠的躲了起來，叫她一輩子找你不到……」

他兀自嘮叨不休，黃蓉走上前來，笑道：「周大哥，你後面是誰來了？」周伯通回頭一看，並不見人。黃蓉揚手將父親身上換下來的臭衣披向他身上。周伯通聽到聲音，側身讓過，啪的一聲，長衣落地散開，臭氣四溢。

周伯通笑得前仰後合，說道：「黃老邪，你關了我一十五年，打斷了我兩條腿，我只叫你踩兩腳屎，淋一頭尿，兩下就此罷手，總算對得起你罷？」

黃藥師尋思這話倒也有理，確是自己給他吃的苦頭大，而他還報甚小，心意登平，作揖爲禮，說道：「多謝伯通兄大量包容，兄弟這些年來多有得罪，眞正對不住了。」又問：「你爲甚麼把雙手縛在一起？」

周伯通道：「這個山人自有道理，天機不可洩漏。」說著連連搖頭，神色黯然。

當年周伯通困在洞中，數次忍耐不住，要衝出洞來跟黃藥師拚鬥，但轉念一想，終究不是他敵手，倘若給他打死或點了穴道，洞中所藏的九陰眞經非給他搜去不可，是以始終隱忍。全眞七子素知這位師叔遊戲人間，行藏神出鬼沒，十餘年不見蹤影，只道他自行胡鬧去了，那是神仙也找他不到的。萬料不到他是給囚在桃花島上，也沒想到要尋索救援。這日他得郭靖提醒，才想到自己無意之中練就了分心合擊的無上武功，黃藥師武功再高，也打不過兩個周伯通，一直不住盤算，要如何報復這一十五年中苦受折磨之仇。郭靖走後，他坐在洞中，過去數十年的恩怨愛憎，一幕幕在心中湧現，忽然遠遠聽到玉簫、鐵箏、長嘯三般聲音互鬥，一時心猿意馬，又按勒不住，斗然想起：「我那把弟功夫遠不及我，何以黃老邪的簫聲引不動他？」

當日他想不通其中原因，現下與郭靖相處日子長了，明白了他性情，這時稍加思索，立即恍然：「是了，是了！他年紀幼小，不懂得男女之間那些又好玩、又麻煩的怪事，何況他天性純樸，正所謂無欲則剛，乃不失赤子之心之人。我這麼一大把年紀，怎麼還在苦思復仇？如此心地狹窄，想想也眞好笑！」

他雖不是全眞道士，但自來深受全眞教清淨無爲、淡泊玄默教旨的陶冶，這時豁然醒覺，一聲長笑，站起身來。只見洞外晴空萬里，白雲在天，心中一片空明，黃藥師對他十五年的折磨，登時成爲鷄蟲之爭般的小事，再也無所縈懷。

轉念卻想：「我這一番振衣而去，桃花島是永遠不來的了，若不留一點東西給黃老邪，何以供他來日之思？」於是收經入懷，再興致勃勃的挖孔拉屎、撒尿吊罐，忙了一番之後，這才離洞而去。他走出數步，忽又想起：「這桃花島道路古怪，不知如何覓路出去。郭兄弟留在島上，凶多吉少，我非帶他同走不可。黃老邪若要阻攔，哈哈，黃老邪，講到打架，一個黃老邪可不是兩個老頑童的敵手啦！」

想到得意之處，順手揮出，喀喇一聲，打折了路旁一株小樹，驀地驚覺：「怎麼我功力精進如此？這可與雙手互搏的功夫無關。」手扶花樹，呆呆想了一陣，兩手連揮，喀喀喀喀，一連打斷了七八株樹，不由得心中大震：「這是九陰眞經中的功夫啊，我……我……我幾時練過了？」霎時間只驚得全身冷汗，連叫：「有鬼，有鬼！」

他牢牢記住師兄王重陽的遺訓，決不敢修習經中所載武功，那知爲了教導郭靖，每日裏念誦解釋，不知不覺的已把經文深印腦中，睡夢之間，竟然意與神會，奇功自成，這時把拳腳施展出來，無不與經中所載的拳理法門相合。他武功深湛，武學的悟心又極高，兼之九陰眞經中所載純是道家之學，與他畢生所學原本一理相通，他不想學武功，武功卻自行撲上身來。他縱聲大叫：「糟了，糟了，這叫做惹鬼上身，揮之不去了。我要開郭兄弟一個大大的玩笑，那知道搬起石頭，砸了自己的腳。」

懊喪了半日，伸手連敲自己腦袋，忽發奇想，剝下幾條樹皮，搓成繩索，靠著牙齒之助，將雙手縛在一起，喃喃念道：「從今而後，如我不能把經中武功忘得一乾二淨，只好終生不跟人動武了。縱然黃老邪追到，我也決不出手，以免違了師兄遺訓。唉，老頑童啊老頑童，你自作自受，這番可上了大當啦。」

黃藥師那猜得其中緣由，只道又是他一番頑皮古怪，說道：「老頑童，這位歐陽兄你是見過的，這位……」他話未說完，周伯通已繞著衆人轉了個圈，在每人身邊嗅了幾下，笑道：「這位必是洪七公了。他是好人。正是天網恢恢，臭尿就只淋東邪、西毒二人。歐陽鋒，當年你打我一掌，今日我還你一泡尿，大家扯直，兩不吃虧。」

歐陽鋒微笑不答，在黃藥師耳邊低聲道：「此人身法快極，內外功夫已在你我之上，還是別惹他爲是。」黃藥師心道：「你我多年不見，你怎知我功夫就必不如他？」向周伯通道：「我早說過，但教你把九陰眞經留下，我焚燒了祭告先室，馬上放你走路，現下你要去那裏？」他最近雖從梅超風處重得當年黃夫人首次默寫的眞經，料想首默本失漏誤寫甚少，但終究不甚放心，要逼周伯通交出眞經原本，焚燒了祭告夫人。周伯通道：「這島上我住得膩了，要到外面逛逛去。」

黃藥師伸手道：「那麼經呢？」周伯通道：「我早給了你啦。」黃藥師道：「別瞎說八道，幾時給過我？」周伯通笑道：「郭靖是你女婿是不是？他的就是你的，是不是？我把九陰眞經從頭至尾傳了給他，不就是傳給了你？」

郭靖大吃一驚，叫道：「大哥，這……這……你教我的當眞就是九陰眞經？」周伯通哈哈大笑，說道：「難道還是假的麼？」郭靖目瞪口呆，登時傻了。周伯通見到他這副獃樣，心中直樂出來，他花了無數心力要郭靖背誦九陰眞經，正是要見他於眞相大白之際驚得暈頭轉向，此刻心願得償，如何不大喜若狂？郭靖道：「你事先又不說這是眞經。」周伯通繼續搗蛋，說道：「我怎麼沒說過，我說你不是全眞派門人，學了眞經不算違了我師哥遺訓……」

黃藥師怒目向郭靖橫了一眼，轉頭對周伯通道：「我要眞經的原書，燒了給我亡故了的內人。」周伯通道：「兄弟，你把我懷裏那兩本書摸出來。」郭靖走上前去，探手到他懷中，拿出兩本厚約半寸的册子。周伯通雙手接過，對黃藥師道：「這是眞經的上卷和下卷，你有本事就來拿去。」黃藥師道：「要怎樣的本事？」

周伯通雙手挾住經書，側過了頭，道：「待我想一想。」過了半晌，笑道：「裱糊匠的本事。」黃藥師問道：「甚麼？」周伯通雙手高舉過頂，往上一送，但見千千萬萬片碎紙陡然散開，有如成羣蝴蝶，隨著海風四下飛舞，霎時間東飄西揚，無可追尋。

黃藥師又驚又怒，想不到他內功如此深湛，就在這片刻之間，把兩册經書以內力壓成了碎片，想起亡妻，心中又是一酸，怒喝：「老頑童，你戲弄於我，今日休想出得島去！」飛步上前，撲面就是一掌。周伯通身子微晃，雙手並未脫縛，只左搖右擺的閃避，只聽得風聲颼颼，黃藥師的掌影在他身旁飛舞，卻始終掃不到他半點。這路「桃華落英掌」是黃藥師的得意武功，豈知此刻連出二十餘招，竟然無功。

黃藥師見他並不還手，正待催動掌力，逼得他非招架不可，驀地驚覺：「我黃藥師豈能和縛住雙手之人過招。」躍後三步，叫道：「你腿傷已經好了，我可又要對你不起啦。快把手上的繩子崩斷了，待我見識見識你九陰眞經的功夫。」

周伯通愁眉苦臉，連連搖頭，說道：「不瞞你說，我是有苦難言。這手上的繩子，說甚麼都是不能崩斷的。」黃藥師道：「我給你弄斷了罷。」上前拿他手腕。周伯通大叫：「啊喲，救命，救命！」翻身撲地，連滾幾轉。

郭靖一驚，叫道：「岳父！」待要上前勸阻，洪七公拉住他手臂，低聲道：「別傻！」郭靖停步看時，只見周伯通在地下滾來滾去，靈便之極，黃藥師手抓足踢，那裏碰得到他身子？洪七公低聲道：「留神瞧他身法。」郭靖見周伯通這一路功夫正便是眞經上所說的「蛇行狸翻」之術，當下凝神觀看，看到精妙之處，情不自禁的叫了聲：「好！」

黃藥師聽了郭靖這聲喝采，愈益惱怒，拳鋒到處，猶如斧劈刀削一般，周伯通的衣袖袍角一塊塊的裂下，再鬥片刻，他長鬚長髮也一叢叢的爲黃藥師掌力震斷。

周伯通雖未受傷，也知再鬥下去必然無倖，只要受了他一招半式，不死也得重傷，見黃藥師左掌橫掃過來，右掌同時斜劈，每一掌中都暗藏三招後繼毒招，自己身法再快，也難躲閃，只得雙膀運勁，蓬的一聲，繩索崩斷，左手架開了他襲來的攻勢，右手卻伸到自己背上去抓了抓癢，說道：「啊喲，癢得我可受不了啦。」

黃藥師見他在劇鬥之際，居然還能好整以暇的抓癢，心中暗驚，猛發三招，都是生平絕學。周伯通道：「我一隻手是打你不過的，唉，不過沒有法子。我總不能對不起師哥。」右手運力抵擋，左手垂在身側，他本身武功原不及黃藥師精純，右手上架，手上乏勁，給黃藥師內勁震開，一個踉蹌，跌出數步。

黃藥師飛身下撲，雙掌起處，已把周伯通罩在掌力之下，叫道：「雙手齊上！一隻手你擋不住。」周伯通道：「不行，我還是一隻手。」黃藥師怒道：「好，那你就試試。」雙掌與他單掌一交，勁力送出，騰的一響，周伯通一交坐倒，閉上雙目。黃藥師不再進擊。周伯通哇的一聲，吐出一口鮮血，臉色登時慘白如紙。

衆人心中都感奇怪，他如好好與黃藥師對敵，就算不勝，也決不致數招之間就即落敗，何以堅決不肯雙手齊用？

周伯通慢慢站起身來，說道：「老頑童上了自己大當，無意之中學到了九陰眞經上的奇功，違背師兄遺訓。如果雙手齊上，黃老邪，你是打我不過的。」

黃藥師知他所言非虛，默默不語，心想自己無緣無故將他在島上囚了十五年，現下又將他打傷，實在說不過去，從懷裏取出一隻玉匣，揭開匣蓋，取出六顆丹藥，交給他道：「我桃花島的九花玉露丸，以極珍貴藥物製成。每隔七天服一顆，可以減痛，兼且延年益壽。伯通兄，我又傷了你，眞正對不住了，黃藥師萬分抱歉，誠心向你賠罪。你內功深厚，今日的內傷不久自愈，現下我送你出島。」

周伯通點了點頭，接過丹藥，服下了一顆，自行調氣護傷，過了一會，吐出一口瘀血，說道：「黃老邪，你的丹藥很靈，無怪你名字叫作『藥師』。咦，奇怪，奇怪，我名叫『伯通』，那又是甚麼意思？」黃蓉心道：「伯通就是『不通』！」但見父親神色儼然，話到口邊，卻不敢說。

周伯通凝思半晌，搖了搖頭，說道：「黃老邪，我要去了，你還留我不留？」黃藥師道：「不敢，任你自來自去。伯通兄此後如再有興致枉顧，兄弟倒履相迎，當你好朋友上賓相待，我這就派船送你離島。」

郭靖蹲下地來，負起周伯通，跟著黃藥師走到海旁，只見港灣中大大小小的停泊著六七艘船。

歐陽鋒道：「藥兄，你不必另派船隻送周大哥出島，請他乘坐小弟的船去便了。」黃藥師道：「那麼費鋒兄的心了。」向船旁啞僕打了幾個手勢，那啞僕從一艘大船中托出一盤金元寶來。黃藥師道：「伯通兄，這點兒金子，你拿去頑皮胡用罷。你武功確比黃老邪強，我佩服得很，甘拜下風。下次華山論劍，如果你去，我就不去了，黃藥師服你是武功天下第一。」周伯通大喜，眼睛一霎，做個頑皮鬼臉。向歐陽鋒那艘大船瞧去，見船頭扯著一面大白旗，旗上繡著一條張口吐舌的雙頭怪蛇，當即皺眉搖頭。

歐陽鋒取出一管木笛，噓溜溜的吹了幾聲，過不多時，林中異聲大作。桃花島上兩名啞僕領了白駝山的蛇夫驅趕蛇羣出來，順著幾條跳板，一排排的遊入大船底艙。

周伯通道：「我不坐西毒的船，我怕蛇！」黃藥師微微一笑，道：「那也好，你坐那艘船罷。」向一艘小船一指。周伯通搖頭道：「我不坐小船，我要坐那邊那艘大船。」黃藥師臉色微變，道：「這船壞了沒修好，坐不得的。」眾人瞧那船船尾高聳，形相華美，船身漆得金碧輝煌，那有絲毫破損之象？周伯通道：「我非坐那艘新船不可！黃老邪，你幹麼這樣小氣？」黃藥師道：「這船最不吉利，坐了的人非病即災，是以停泊在這裏向來不用的。我那裏是小氣了？你若不信，我馬上把船燒了給你看。」做了幾個手勢，四名啞僕點燃了柴片，奔過去就要燒船。

周伯通突然坐倒在地，亂扯鬍子，放聲大哭。眾人都一怔，只郭靖知他脾氣，肚裏暗暗好笑。周伯通扯了一陣鬍子，忽然亂翻亂滾，哭叫：「我要坐新船，我要坐新船。」黃蓉奔上前去，阻住四名啞僕。

洪七公笑道：「藥兄，老叫化一生不吉利，就陪老頑童坐坐這艘凶船，咱們來個以毒攻毒，鬥它一鬥，瞧是老叫化的晦氣重些呢，還是你這艘凶船厲害。」黃藥師道：「七兄，你再在島上盤桓數日，何必這麼快就去？」洪七公道：「天下的大叫化、中叫化、小叫化不日要在湖南岳陽聚會，聽老叫化指派丐幫頭腦的繼承人。那一天老叫化有個三長兩短要歸位，不先派定誰繼承，天下的叫化豈非沒人統領？老叫化非趕著走不可。藥兄厚意，兄弟甚為感激，待得我稍有空暇，再來瞧你。」黃藥師嘆道：「七兄你眞是熱心人，一生就是為了旁人，馬不停蹄的奔波。」洪七公笑道：「叫化子不騎馬，我這是腳不停蹄。啊喲，不對，你繞彎子罵人，腳上生蹄，可不成了牲口？」

黃蓉笑道：「師父，這是您自己說的，我爹可沒罵您。」洪七公道：「究竟師父不如親父，趕明兒我娶個叫化婆，也生個叫化女兒給你瞧瞧。」黃蓉拍手笑道：「那再好也沒有。我有個小叫化師妹，可不知有多好玩。我天天抱了她玩！」

歐陽克斜眼相望，見日光淡淡的射在她臉頰上，眞是艷如春花，麗若朝霞，不禁看得痴了。但隨即見她的眼光望向郭靖，脈脈之意，一見而知，又不禁怒氣勃發，心下立誓：「總有一日，非殺了這臭小子不可。」

洪七公伸手扶起周伯通，道：「我陪你坐新船。黃老邪古怪最多，咱哥兒倆可不上他的當。」周伯通大喜，說道：「老叫化，你人很好，咱倆拜個把子。」洪七公尚未回答，郭靖搶著道：「周大哥，你我已拜了把子，你怎能跟我師父結拜？」周伯通笑道：「那有甚麼干係？你岳父如肯給我坐新船，我心裏一樂，也跟他拜個把子。」黃蓉笑道：「那麼我呢？」周伯通眼睛一瞪，道：「我不上女娃子的當。美貌女人，多見一次便多倒霉三分。」勾住洪七公的手臂，往那艘新船走去。

黃藥師快步搶在兩人前面，伸開雙手攔住，說道：「黃某不敢相欺，坐這艘船實在凶多吉少。兩位實不必干冒奇險。只是此中原由，不便明言。」

洪七公哈哈笑道：「你已一再有言在先，老叫化就算暈船歸天，仍讚你藥兄夠朋友。」他雖行事說話十分滑稽，內心卻頗精明，見黃藥師三番兩次的阻止，知道船上必有蹊蹺。周伯通堅持要坐，眼見拗他不得，奇變斗起之際，他孤掌難鳴，兼之身上有傷，只怕應付不來，洪七公為人仁義，決意陪他同乘。

黃藥師哼了一聲，道：「兩位功夫高強，想來必能逢凶化吉，黃某倒多慮了。姓郭的小子，你也去罷。」惡狠狠的瞪視郭靖，厲聲問道：「周伯通傳你經文之前，是不是告知你這是九陰眞經？」郭靖搖頭道：「周大哥沒說，我曾見梅超風練那九陰眞經的武功，甚麼『九陰白骨爪』，陰狠殘暴，我如知道那是九陰眞經，決計不學。」

周伯通向來不理會事情輕重緩急，越見旁人鄭重其事，越愛大開玩笑，不等郭靖說完，搶著便道：「你怎麼不知。你說當日騙得梅超風將眞經下卷借了給你，你抄寫下來，記在心裏。我教你的只眞經上卷，下卷可沒教你。你如不是從梅超風那裏騙來，又怎會知道？你說黑風雙煞的武功陰毒殘忍，你不願學。我跟你說，梅超風練眞經練錯了，因為黃藥師不懂，教錯了徒弟。我教你的，才是眞經的正路功夫。」郭靖大驚，顫聲道：「大哥，你……你幾時說過？」周伯通霎霎眼睛，正色道：「我當然說過。你聽了開心得很。」

郭靖將經文背得爛熟而不知便是九陰眞經，本就極難令人入信，這時周伯通又這般說，黃藥師盛怒之下，那想得到這是老頑童在開玩笑？只道周伯通一片童心，天眞爛漫，不會給郭靖圓謊，信口吐露了眞相。郭靖說謊欺瞞，用心險惡，再加聽周伯通說他教錯了徒弟，以致黑風雙煞練錯功夫。陳玄風和梅超風確是練錯了功夫，卻不是他黃藥師教的。這日連受挫折，愛妻冥中授經之想既歸破滅，周伯通的武功又顯得遠勝於己，而考選得中的女婿竟是個奸險小人，不由得狂怒不可抑制。

郭靖戰戰兢兢的辯道：「岳父……」黃藥師厲聲道：「你這狡詐奸猾的小子，誰是你岳父？今後你再踏上桃花島一步，休怪黃某無情。」反手一掌，擊在一名啞僕背心，喝道：「這就是你的榜樣！」這啞僕舌頭已遭割去，喉間發出一聲低沉的嘶叫，身子直飛出去。他五臟已給黃藥師這掌擊碎，飛墮海心，沒在波濤之中，霎時間無影無蹤。衆啞僕嚇得心驚膽戰，一齊跪下。

這些啞僕本來都是胡作非爲的奸惡之徒，黃藥師查訪確實，一一擒至島上，割啞刺聾，以供役使，他曾言道：「黃某並非正人君子，江湖上號稱『東邪』，自然也不屑與正人君子爲伍。手下僕役，越邪惡越稱我心意。」那啞僕雖早就死有餘辜，但突然無緣無故爲他揮掌打入海心，衆人都不禁暗嘆：「黃老邪當眞邪得可以，沒來由的遷怒於這啞僕。」郭靖更驚懼莫名，屈膝跪倒。

黃藥師生怕自己狂怒之下，立時出手斃了郭靖，未免有失身分，拱手向周伯通、洪七公、歐陽鋒道：「請了！」牽著黃蓉的手，轉身便走。

黃蓉待要和郭靖說幾句話，只叫得一聲：「靖哥哥……」已給父親牽著縱出數丈外，頃刻間沒入了林中。

周伯通哈哈大笑，突覺胸口傷處劇痛，忙忍住了笑，終於還是笑出聲來，說道：「黃老邪又上了我的當。我說頑話騙他，這傢伙果然當了眞。有趣，有趣！」洪七公驚道：「那麼靖兒事先當眞不知？」周伯通笑道：「他當然不知。他還說九陰奇功邪氣之極，倘若先知道了，怎肯跟著我學？兄弟，現下你已牢牢記住，忘也忘不了，是麼？」說著又捧腹狂笑，旣須忍痛，又要大笑，神情尷尬。

洪七公跌足道：「唉，老頑童，這玩笑也開得的？我跟藥兄說去。」拔足奔向林邊，卻見林內道路縱橫，不知黃藥師去了何方。衆啞僕見主人一走，早已盡數隨去。

洪七公沒人領路，只得廢然而返，忽然想起歐陽克有桃花島的詳圖，忙道：「歐陽賢姪，桃花島的圖譜請借我一觀。」歐陽克搖頭道：「未得黃伯父允可，小姪不敢借予旁人，洪伯父莫怪。」洪七公哼了一聲，暗罵自己：「我眞老胡塗了，怎麼向這小子借圖？他巴不得黃老邪惱恨我這傻徒兒。」

林中白衣閃動，歐陽鋒那三十二名白衣舞女走了出來。當先一名女子走到歐陽鋒面前，曲膝行禮道：「黃老爺叫我們跟老爺回去。」歐陽鋒向她們一眼不瞧，擺擺手令他們上船，向洪七公與周伯通道：「藥兄這船中只怕眞有甚麼巧妙機關。兩位寬心，兄弟坐船緊跟在後，若有緩急，自當稍效微勞。」

周伯通怒道：「誰要你討好？我就是要試試黃老邪的船有甚麼古怪。你跟在後面，變成了無驚無險，那還有甚麼好玩？你跟我搗蛋，老頑童再淋你一頭臭尿！」

歐陽鋒笑道：「好，那麼後會有期。」一拱手，逕自帶了姪兒上船。

郭靖望著黃蓉的去路，呆呆出神。周伯通笑道：「兄弟，咱們上船去。瞧他一艘死船，能把咱們三個活人怎生奈何了？」左手牽著洪七公，右手牽著郭靖，奔上新船。見船中已有七八名船夫侍僕站著侍候，都默不作聲。周伯通笑道：「那一日黃老邪邪氣發作，把他寶貝女兒的舌頭也割掉了，我才佩服他眞有本事。」郭靖聽了，不由得打個寒噤，周伯通哈哈笑道：「你怕了麼？」向船夫做個手勢。衆船夫起錨揚帆，乘著南風駛出海去。

洪七公道：「來，咱們瞧瞧船上到底有甚麼古怪。」三人從船首巡到船尾，又從甲板一路看到艙底，到處仔細查察，這船前後上下油漆得晶光燦亮，艙中食水白米、酒肉蔬菜，貯備俱足，並沒一件惹眼異物。周伯通恨恨的道：「黃老邪騙人！說有古怪，卻沒古怪，好沒興頭。」

洪七公心中疑惑，躍上桅桿，將桅桿與帆布用力搖了幾搖，亦無異狀，放眼遠望，但見鷗鳥翻飛，波濤接天，船上三帆吃飽了風，逕向北方駛去。他披襟當風，胸懷為之一爽，回過頭來，見歐陽鋒的坐船跟在約莫二里之後。

洪七公躍下桅桿，向船夫打個手勢，命他駕船偏向西北，過了一會，再向船尾望去，見歐陽鋒的船也轉了方向，仍跟在後。洪七公心下嘀咕：「他跟來幹麼？難道當眞還安著好心？老毒物發善心，太陽要從西邊出來了。」他怕周伯通知道了亂發脾氣，也不和他說知，吩咐轉舵東駛。船上各帆齊側，只吃到一半風，駛得慢了。不到半盞茶時分，歐陽鋒的船也向東跟來。

洪七公心道：「咱們在海裏鬥鬥法也好。」走回艙內，見郭靖鬱鬱不樂，呆坐出神。洪七公道：「徒兒，我傳你一個叫化子討飯的法門：主人家不給，你在門口纏他三日三夜，瞧他給是不給？」周伯通笑道：「主人家如養有惡狗，你不走，他叫惡狗咬你，那怎麼辦？」洪七公笑道：「這般為富不仁的人家，你晚上去大大偷他一筆，那也不傷陰騭。」周伯通向郭靖道：「兄弟，懂得你師父的話麼？他叫你跟岳父死纏到底，他如不把女兒給你，反要打人，你到晚上就去偷她出來。只不過你所要偷的，卻是一件生腳的活寶，你只須叫道：『寶貝兒，來！』她自己就跟著你來了，容易偷得很。」

郭靖聽著，也不禁笑了。他見周伯通在艙中走來走去，沒一刻安靜，忽然想起一事，問道：「大哥，現下你要去那裏？」周伯通道：「沒準兒，到處去閒逛散心。在桃花島這許多年，可悶也悶壞了。」郭靖道：「我求大哥一件事。」周伯通搖手道：「你要我回桃花島幫你偷婆娘，我不幹。」

郭靖臉上一紅，道：「不是這個。我想煩勞大哥去太湖邊上宜興的歸雲莊走一遭。」周伯通道：「那幹甚麼？」郭靖道：「歸雲莊的陸莊主陸乘風是位豪傑，他原是我岳父的弟子，受了黑風雙煞之累，雙腿給我岳父打折了，不得復原。我見大哥的腿傷卻好得十足，是以想請大哥傳授他一點門道。」周伯通道：「這個容易。黃老邪倘再打斷我兩腿，我仍有本事復原。你如不信，不妨打斷了我兩條腿試試。」說著坐在椅上，伸出腿來，一副「不妨打而斷之」的模樣。郭靖笑道：「那也不用試了，大哥自有這個本事。」

正說到此處，突然豁喇一聲，艙門開處，一名船夫闖了進來，臉如土色，驚恐異常，指手劃腳，就是說不出話。三人知道必有變故，躍起身來，奔出船艙。

黃蓉給父親拉進屋內，臨別時要和郭靖說一句話，也不得其便，惱怒傷心，回到自己房中，關上了門，放聲大哭。黃藥師盛怒之下將郭靖趕走，這時知他已陷入死地，心中對女兒頗感歉仄，想去安慰她幾句，但連敲了幾次門，黃蓉不理不睬，儘不開門，到了晚飯時分，也不出來吃飯。黃藥師命僕人將飯送去，讓她連菜帶碗摔在地下，還將啞僕踢了幾個觔斗。

黃蓉心想：「爹爹說得出做得到，靖哥哥再來桃花島，定會給他打死。我如偷出島去尋他，留著爹孤另另一人，豈不寂寞難過？」左思右想，柔腸百結。數月之前，黃藥師罵了她一場，她想也不想的就逃出島去，後來再與父親見面，見他鬢邊白髮驟增，數月之間猶如老了十年，心下甚是難過，發誓以後再不令老父傷心，此刻卻又遇上了這等爲難之事。

她伏在床上哭了一場，心想：「倘若媽媽在世，必能給我做主，那會讓我如此受苦？」想到了母親，便起身出房，走到廳上。桃花島上門戶有如虛設，若無風雨，大門日夜洞開。黃蓉走出門外，繁星在天，花香沉沉，心想：「靖哥哥這時早已在數十里之外了。不知何日再得重見。」嘆了口氣，舉袖抹抹眼淚，走入花樹深處。

傍花拂葉，來到母親墓前。佳木蘢蔥，異卉爛縵，那墓前四時鮮花常開，每本都是黃藥師精選的天下名種，溶溶月色之下，各自分香吐艷。黃蓉將墓碑左右推動數下，然後用力扳動，墓碑緩緩移開，露出一條石砌的地道，她走入地道，轉了三個彎，又開了機括，打開一道石門，進入墓中壙室，亮火摺把母親靈前的琉璃燈點著了。

她獨處地下斗室，望著父親手繪的亡母遺像，思潮起伏：「我從來沒見過媽，我死了之後，能不能見到她呢？她是不是還像畫上這麼溫雅美麗？她現下卻在那裏？在天上，在地府，還是就在這壙室之中？我永遠在這裏陪著媽媽算了。」

壙室中壁間案頭盡是古物珍玩、名畫法書，沒一件不是價值連城的精品。黃藥師當年縱橫湖海，不論皇宮內院、巨宦富室，還是大盜山寨之中，只要有甚麼奇珍異寶，他若非明搶硬索，便暗偷潛盜，必當取到手中方罷。他武功既強，眼力又高，搜羅的奇珍異寶不計其數，這時都供在亡妻的壙室之中。黃蓉見那些明珠美玉、翡翠瑪瑙之屬在燈光下發出淡淡光芒，心想：「這些珍寶雖無知覺，卻歷千百年而不朽。今日我在這裏看著它們，將來我身子化爲塵土，珍珠寶玉仍好好的留在人間。世上之物，是不是愈有靈性，愈不長久？只因我媽絕頂聰明，這才只能活到二十歲？」

望著母親的畫像怔怔的出了一會神，吹熄燈火，走到氈帷後母親的玉棺之旁，撫摸了一陣，坐在地下，靠著玉棺，心中自憐自傷，似乎是倚偎在母親身上，有了些依靠。這日大喜大愁，到此時已疲累不堪，過不多時，沉沉睡去。

她在睡夢之中忽覺到了中都趙王府中，正在獨鬥羣雄，卻在塞北道上與郭靖邂逅相遇，剛說了幾句話，忽爾見到了母親，極目想看她容顏，總瞧不明白。忽然之間，母親向天空飛去，自己在地下急追，母親漸飛漸高，心中惶急，忽然父親的聲音響了起來，是在叫著母親的名字，聲音愈來愈淸晰。

黃蓉從夢中醒來，卻聽得父親的聲音還是隔著氈帷傳過來。她一定神間，才知並非做夢，父親也已來到了壙室。她幼小時，父親常抱著她來到母親靈前，絮絮述說父女倆的生活瑣事，近年來雖較少來，但這時聽到父親聲音，也不以爲怪。

她正與父親賭氣，不肯出去叫他，要等他走了再出去，只聽父親說道：「我向你許過心願，要找了九陰眞經來燒了給你，好讓你在天之靈知道，當年你苦思不得的經文到底是寫著些甚麼。一十五年來始終無法可施，直到今日，才完了這番心願。」

黃蓉大奇：「爹爹從何處得了九陰眞經？」只聽他又道：「我卻不是故意要殺你女婿，是他們自己強要坐那艘船的。」黃蓉猛吃一驚：「媽媽的女婿？是說靖哥哥？坐了那船便怎樣？」凝神傾聽，黃藥師卻反來覆去述說妻子逝世之後，自己怎樣的孤寂難受。黃蓉聽父親吐露眞情，不禁悽然，心想：「靖哥哥和我都是十多歲的孩子，兩情堅貞，將來何愁沒重見之日？我總是不離開爹爹的了。」正想到此處，卻聽父親說道：「老頑童武功已比我爲高，我已殺他不得。他把眞經上下卷都用掌力毀了，我只道許給你的心願再無得償之日，那知鬼使神差，他堅要乘坐我造來跟你相會的花船……」黃蓉心想：「每次我要到那船上去玩，爹爹總厲色不許，怎麼是他造來和媽媽相會的？」

原來黃藥師對妻子情深意重，兼之愛妻爲他而死，當時一意便要以死相殉。他自知武功深湛，上吊服毒，一時都不得便死，死了之後，屍身又不免受島上啞僕蹧蹋，於是去大陸捕拿造船巧匠，打造了這艘花船。這船的龍骨和尋常船隻無異，船底木材卻並非用鐵釘釘結，而是以生膠繩索膠纏在一起，泊在港中固是一艘極爲華麗的花船，但如駛入大海，給浪濤一打，必致沉沒。他本擬將妻子遺體放入船中，駕船出海，當波湧舟碎之際，按玉簫吹起「碧海潮生曲」，與妻子一齊葬身萬丈洪濤之中，如此瀟洒倜儻以終此一生，方不辱沒了當世武學大宗匠的身分，但每次臨到出海，總是既不忍攜女同行，又不忍將她拋下不顧，終於造了墓室，先將妻子的棺木厝下。這艘船卻每年油漆，歷時常新。要待女兒長大，有了妥善歸宿，再行此事。

黃蓉不明其中原由，聽了父親的話茫然不解，只聽他又道：「超風雖將眞經下卷還了我，但當時你就默得並非全對，這些嘰哩咕嚕的奇文怪句，你不明其意，又怎記得住？現下老頑童將九陰眞經的眞本背得滾瓜爛熟，姓郭的小子也背得一絲不錯，我將這兩人沉入大海，正如焚燒兩部活的眞經一般。你在天之靈，通靈有如天仙，靈性神通遠勝當年在世之時的智慧，跟他二人心中所記一加對照，你就可以心安了。就只洪老叫化平白無端的陪送了老命，未免太冤。我在一日之中，爲了你而殺死三個高手，償了當日許你之願，他日重逢，你必會說你丈夫言出必踐，對愛妻答允下之事，可沒一件不做。嘿嘿！」

隔了一會，又道：「其實靖兒並沒說謊。老頑童說他從梅超風處借得眞經下卷抄錄記熟，當眞荒謬之至。超風手中的下卷，怪文部分脫漏顚倒，並不完全，還有不少漏文缺字，靖兒所背經文卻完備無缺，前後補足。超風所寫的『恁時相見早留心』、『不隨流水即隨風』那些詞句，是在她瞎眼之前寫的，靖兒如借來抄錄，必會見到，他必以爲是經文，定會傻裏傻氣的也背了出來。可是他沒背。老頑童顯是在胡說八道，那麼說靖兒早知這是九陰眞經，也必是冤枉了他。蓉兒喜歡上這個老實頭小傻瓜，這番他死在大海之中，她必傷心之極！唉，世上何人不傷心？喜少愁多總斷魂！靖兒並不是我故意害死的。蓉兒，蓉兒，我可沒對你不住！」他似乎已察覺女兒便在壙室之中，最後這段話，似是特意對她說的。

黃蓉只聽得毛骨悚然，一股涼意從心底直冒上來。她雖不明端的，但料知花船中必定安排著極奇妙、極毒辣的機關，她素知父親之能，只怕郭靖等三人這時已遭了毒手，心中又驚又痛，立時就要搶出去求父親搭救三人性命，但嚇得腳都軟了，一時不能舉步，口中也叫不出聲來。只聽得父親淒然長笑，似歌似哭，出了墓道。

黃蓉定了定神，更無別念：「我要去救靖哥哥，如果救他不得，就陪他死了。」她知父親脾氣古怪，對她母親又已愛到發痴，求他必然無用，奔出墓道，直至海邊，跳上小船，拍醒船中的啞船夫，命他們立時揚帆出海。忽聽得馬蹄聲響，一匹馬急馳而來，同時父親的玉簫之聲，也隱隱響起。

黃蓉向岸上望去，見郭靖那匹小紅馬正在月光下來回奔馳，想是牠局處島上，不得施展駿足，夜中出來馳騁。心想：「這茫茫大海之中，那裏找靖哥哥去？小紅馬縱然神駿，一離陸地，卻全然無能爲力了。」

洪七公、周伯通、郭靖三人搶出船艙，都是腳下一軟，水已沒脛，不由得大驚，一齊躍上船桅，洪七公還順手提上了兩名啞子船夫，俯首看時，甲板上波濤洶湧，海水滾滾灌入船來。這變故突如其來，三人一時都惶然失措。

周伯通道：「老叫化，黃老邪眞有幾下子，這船他是怎麼弄的？」洪七公道：「我也不知道啊。靖兒，抱住桅桿，別放手……」郭靖還沒答應，只聽得豁喇喇幾聲巨響，船身從中裂爲兩半。兩名船夫大驚，抱著帆桁的手一鬆，直跌入海中去了。

周伯通一個觔斗，倒躍入海。洪七公叫道：「老頑童，你會水性不會？」周伯通從水中鑽出頭來，笑道：「勉強對付著試試……」後面幾句話爲海風迎面一吹，已聽不清楚。此時桅桿漸漸傾側，眼見便要橫墮入海。洪七公叫道：「靖兒，桅桿與船身相連，合力震斷它。來！」兩人掌力齊發，同時擊在主桅的腰身。桅桿雖堅，卻怎禁得起兩人剛力齊施？只擊得幾掌，轟的一聲，攔腰折斷，兩人抱住了桅桿，跌入海中。

當地離桃花島已遠，四下裏波濤山立，沒半點陸地的影子，洪七公暗暗叫苦，心想在這大海之中飄流，如無船救援，無飲無食，武功再高，也支持不到十天半月，回頭眺望，連歐陽鋒的坐船也沒了影蹤。遠遠聽得南邊一人哈哈大笑，正是周伯通。

洪七公道：「靖兒，咱們過去接他。」兩人一手扶著斷桅，一手划水，循聲游去。海中浪頭極高，划了數丈，又給波浪打了回來。洪七公朗聲叫道：「老頑童，我們在這裏。」他內力深厚，雖海風呼嘯，浪聲澎湃，叫聲還是遠遠的傳了出去。只聽周伯通叫道：「老頑童變了落水狗啦，這是鹹湯泡老狗啊。」

郭靖忍不住好笑，心想在這危急當中他還有心情說笑，「老頑童」三字果眞名不虛傳。三人先後從船桅墮下，給波浪推送，片刻間已相隔數十丈之遙，洪郭二人奮力撥水，過了良久，才慢慢靠近周伯通。

只見周伯通雙足底下都用帆索縛著一塊船板，正施展輕功在海面踏波而行。海浪太大，雖身子隨波起伏，似乎逍遙自在，要前進後退，卻也不易任意而行。他玩得起勁，毫沒理會眼前的危險。

郭靖放眼四望，坐船早爲波濤呑沒，衆船夫自也已盡數葬身海底，忽聽周伯通大聲驚呼：「啊喲，乖乖不得了！老頑童這一下可得粉身碎骨。」洪七公與郭靖聽他叫聲惶急，齊問：「怎麼？」周伯通手指遠處，說道：「鯊魚，大隊鯊魚。」郭靖生長沙漠，不知鯊魚的厲害，一回頭，見洪七公神色有異，心想不知那鯊魚是何等樣的怪物，連師父和周大哥平素那樣泰然自若之人，竟也不能鎮定。

洪七公運起掌力，在桅桿盡頭處連劈兩掌，把桅桿劈下了半截，半截桅桿從中裂開，成爲兩根粗大的木棒。只見海面的白霧中忽喇一聲，一個巴斗大的魚頭鑽出水面，兩排尖利如刀的白牙在陽光中一閃，魚頭又沒入了水中。洪七公將木棒擲給郭靖，叫道：「照準魚頭打！」郭靖探手入懷，摸出金刀，叫道：「弟子有刀。」將一根木棒遠遠擲去，周伯通伸手接住。

這時已有四五頭虎鯊圍住了周伯通團團兜圈，只是沒看清情勢，不敢攻擊。周伯通彎下腰來，通的一聲，揮棒將一條虎鯊打得腦漿迸裂，羣鯊聞到血腥，紛紛踴上。

郭靖見海面上翻翻滾滾，不知有幾千幾萬條鯊魚，又見鯊魚一口就把死鯊身上的魚肉扯下一大塊來，牙齒既長且利，不禁大感惶恐，突覺腳上有物微微碰撞，他疾忙縮腳，身底水波晃動，一條大鯊魚猛竄上來。郭靖左手在桅桿上一推，身子借力向右，順手揮金刀刺落。金刀鋒銳無比，嗤的一聲輕響，在鯊魚頭上刺了個窟窿，一股鮮血從海水中翻滾而上。羣鯊圍上，亂搶亂奪的咬嚙。

三人武功卓絕，在羣鯊圍攻之中，東閃西避，身上竟未受傷，每次出手，總有一條鯊魚或死或傷。那鯊魚只要身上出血，轉瞬間就給同伴扯食得賸下一堆白骨。饒是三人藝高人膽大，見了這情景也不禁慄慄危懼。四周鯊魚難計其數，殺之不盡，到得後來，總歸無倖，當酣鬥之際，全力施爲，也不暇想及其他。三人掌劈刀砍，拳打棒擊，不到一個時辰，已打死二百餘條鯊魚，但見海上煙霧四起，太陽慢慢落向西方海面。

周伯通叫道：「老叫化，郭兄弟，天一黑，咱三個就一塊一塊的鑽到鯊魚肚裏去啦。咱們來個賭賽，瞧是誰先給鯊魚吃了。」洪七公道：「先給魚吃了算輸還是算贏？」周伯通道：「當然算贏。」洪七公道：「啊喲，這個我寧可認輸。」反手一掌「神龍擺尾」，打在一條大鯊身側，那條大鯊總有二百餘斤，爲他掌力帶動，飛出海面，在空中翻了兩個觔斗，這才落下，只震得海面水花四濺，那魚白肚向天，已然斃命。

周伯通讚道：「好掌法！我拜你爲師，你教我這招『打鯊十八掌』。就可惜沒時候學了，老叫化，你到底比是不比？」洪七公笑道：「恕不奉陪。」周伯通哈哈一笑，問郭靖道：「兄弟，你怕不怕？」郭靖心中實極害怕，然見兩人越打越寧定，生死大事，卻也拿來說笑，精神爲之一振，說道：「先前很怕，現下好些啦。」忽見一條巨鯊張鰭鼓尾，猛然衝將過來。

他見那巨鯊來勢兇惡，側過身子，左手向上一引，這是個誘敵的虛招，那巨鯊果然上當，半身躍出水面，疾似飛梭般向他左手咬來。郭靖右手金刀刺去，插中巨鯊口下的咽喉之處。那巨鯊正向上躍，這急升之勢，剛好使金刀在牠腹上劃了一條長縫，登時血如泉湧，臟腑都翻了出來。

這時周伯通與洪七公也各殺了一條鯊魚。周伯通中了黃藥師的掌力，原本未痊，酣鬥良久，胸口又劇痛起來，他大笑叫道：「老叫化，郭兄弟，我失陪了，要先走一步到鯊魚肚子裏去啦！唉，你們不肯賭賽，我雖然贏了，卻也不算。」郭靖聽他說話之時雖然大笑，語音中頗有失望之意，便道：「好，我跟你賭！」

周伯通喜道：「這才死得有趣！」轉身避開兩條鯊魚的同時夾攻，忽見遠處白帆高張，暮靄蒼茫中一艘大船破浪而來。洪七公也即見到，正是歐陽鋒所乘座船。三人見有救援，盡皆大喜。郭靖靠近周伯通身邊，助他抵擋鯊魚。

只一頓飯功夫，大船駛近，放下兩艘小舢舨，把三人救上船去，周伯通口中吐血，還在不斷說笑，指著海中羣鯊咒罵。

歐陽鋒和歐陽克站在大船頭上迎接，極目遠望，見海上鼓鰭來去的盡是鯊魚，心下也不禁駭然。周伯通不肯認輸，說道：「老毒物，是你來救我們的，我可沒出聲求救，因此不算你對我有救命之恩。」歐陽鋒道：「那自然不算。今日阻了三位海中殺鯊的雅興，兄弟好生過意不去。」周伯通笑道：「那也罷了，你阻了我們的雅興，卻免得我們鑽入鯊魚肚中玩耍，兩下就此扯直，誰也沒虧負了誰。」

歐陽克和蛇夫用大塊牛肉作餌，掛在鐵鉤上垂釣，片刻之間，釣起了七八條大鯊。

洪七公指著鯊魚笑道：「好，你吃不到我們，這可得讓我們吃了。」歐陽克笑道：「小姪有個法子，給洪伯父報仇。」命人削了幾根粗木棍，用鐵槍撬開鯊魚嘴唇，將木棍撐在上下兩唇之間，然後將一條條活鯊又抛入海裏。周伯通笑道：「這叫它永遠吃不得東西，可是十天八日又死不了。」

郭靖心道：「如此毒計，虧他想得出來。這饞嘴之極的鯊魚在海裏活活餓死，那滋味可眞夠受的。」周伯通見他臉有不愉之色，笑道：「兄弟，這惡毒的法子你瞧著不順眼，是不是？這叫做毒叔自有毒姪啊！」

西毒歐陽鋒聽旁人說他手段毒辣，向來不以爲忤，反有沾沾自喜之感，聽周伯通如此說，微微一笑，說道：「老頑童，這一點小小玩意兒，跟老毒物的本事比起來，可還差得遠啦。你們三位給這些小小的鯊魚困得上氣不接下氣，在區區看來，鯊魚雖多，卻也算不了甚麼。」說著伸出右手，朝著海面自左而右的在胸前劃過，說道：「海中鯊魚就算再多上十倍，老毒物要一鼓將之殲滅，也不過舉手之勞而已。」

周伯通道：「啊！老毒物吹得好大的氣，你若能大顯神通，眞把海上鯊魚盡數殺了，老頑童向你磕頭，叫你三百聲親爺爺。」歐陽鋒道：「那可不敢當。你若不信，咱倆不妨打個賭。」周伯通大叫：「好好，賭人頭也敢。」

洪七公心中起疑：「憑他有天大本事，也不能把成千成萬條鯊魚盡皆殺了，只怕他另有異謀。」只聽歐陽鋒笑道：「賭人頭卻也不必。倘若我勝了，我要請你做一件事，你可不能推辭。要是我輸，也任憑你差遣做一件難事。你瞧好也不好？」周伯通大叫：「任你愛賭甚麼就賭甚麼！」歐陽鋒向洪七公道：「這就相煩七兄做個中證。」洪七公點頭道：「好！但若勝方說出來的難事，輸了的人做不到，或是不願做，卻又怎地？」周伯通道：「那就自己跳到海裏餵鯊魚。」

歐陽鋒微微一笑，不再說話，命手下人拿過一隻小酒杯。他從蛇杖中放出雙蛇，右手伸出兩指，揑住一條怪蛇的頭頸，蛇口張開，牙齒尖端毒液登時湧出。歐陽鋒將酒杯伸過去接住，片刻之間，黑如漆、濃如墨的毒液流了半杯。他放下怪蛇，抓起另一條蛇如法炮製，盛滿了一杯毒液。兩條怪蛇吐出毒液後盤在杖頭，不再遊動，似已筋疲力盡。

歐陽鋒命人釣起一條鯊魚，放在甲板之上，左手揪住魚吻向上提起，右足踏在鯊魚下唇，兩下一分。那條鯊魚幾有兩丈來長，給他這麼一分，巨口不由得張了開來，露出兩排匕首般的牙齒。歐陽鋒將那杯毒液倒在魚口被鐵鉤鉤破之處，左手倏地變掌，在魚腹下托起，隨手揮出，一條兩百來斤的鯊魚登時飛起，水花四濺，落入海中。

周伯通笑道：「啊哈，我懂啦，這是老和尚治臭蟲的妙法。」郭靖道：「大哥，甚麼老和尚治臭蟲？」周伯通道：「從前有個老和尚，在汴梁街上叫賣殺臭蟲的靈藥，他道這藥靈驗無比，臭蟲吃了必死，若不把臭蟲殺得乾乾淨淨，就賠還買主十倍的錢。這樣一叫，可就生意興隆啦。買了靈藥的主兒回去往床上一撒，嘿嘿，半夜裏臭蟲還是成羣結隊的出來，咬了他個半死。那人可就急了，第二天一早找到了老和尚，要他賠錢。那老和尚道：『我的藥非靈不可，倘若不靈，準是你的用法不對。』那人問道：『該怎麼用？』」他說到這裏，笑吟吟的只是搖頭晃腦，卻不再說下去。

郭靖問道：「該怎麼用才好？」周伯通一本正經的道：「那老和尚道：『你把臭蟲捉來，撬開嘴巴，把這藥餵牠這麼幾分幾錢，倘若不死，你再來問老和尚。』那人惱了，說道：『要是我把臭蟲捉到，這一捏不就死了，又何必再餵你的甚麼靈藥？』老和尚道：『本來嘛，我又沒說不許捏？』」

郭靖、洪七公、和歐陽鋒叔姪聽了都哈哈大笑。

歐陽鋒笑道：「我的臭蟲藥跟那老和尚的可略略有些兒不同。」周伯通道：「我看也差不多。」歐陽鋒向海中一指，道：「你瞧著罷。」

那條給餵過蛇毒的巨鯊一跌入海，肚腹向天，早已斃命，七八條鯊魚圍上來一陣咬嚙，片刻之間，巨鯊變成一堆白骨，沉入海底。說也奇怪，吃了那巨鯊之肉的七八條鯊魚，不到半盞茶時分，也都肚皮翻轉，從海心浮了上來。羣鯊一陣搶食，又盡皆中毒而死。一而十、十而百、百而千，只小半個時辰功夫，海面上盡是鯊魚的浮屍，餘下的活鯊魚為數已經不多，仍在爭食魚屍，轉瞬之間，眼見要盡數中毒。

洪七公、周伯通、郭靖三人見了這等異景，盡皆變色。

洪七公嘆道：「老毒物，老毒物，你這毒計固然毒極，這兩條怪蛇的毒汁，可也忒厲害了些。」歐陽鋒望著周伯通嘻嘻而笑，得意已極。周伯通搓手頓足，亂拉鬍子。

眾人放眼望去，滿海翻轉了肚皮的死鯊，隨著波浪起伏上下。周伯通道：「這許多大白肚子，瞧著叫人作嘔。想到這許多鯊魚都中了老毒物的毒，更加叫人作嘔。老毒物，你小心著，海龍王這就點起巡海夜叉、蝦兵蟹將，跟你算帳來啦。」歐陽鋒只微笑不語。

洪七公道：「鋒兄，小弟有一事不明，倒要請教。」歐陽鋒道：「不敢當。」洪七公道：「你這小小一杯毒汁，憑它毒性厲害無比，又怎能毒得死這成千成萬條巨鯊？」歐陽鋒笑道：「這蛇毒甚是奇特，鮮血一遇上就化成毒藥。毒液雖只小小一杯，但一條鯊魚的傷口碰到之後，魚身上成百斤的鮮血就都化成了毒汁，第二條鯊魚碰上了，又多了百來斤毒汁，如此愈傳愈廣，永無止歇。」洪七公道：「這就叫做流毒無窮了。」歐陽鋒道：「正是。兄弟既有了西毒這個雅號，若非在這『毒』字功夫上稍有獨得之秘，未免愧對諸賢。」

說話之間，大隊鯊魚已盡數死滅，其餘的小魚在鯊羣到來時不是葬身鯊腹，便早逃得乾乾淨淨，海上一時靜悄悄的無聲無息。

洪七公道：「快走，快走，這裏毒氣太重。」歐陽鋒傳下令去，船上前帆、主帆、三角帆一齊升起，側帆轉舵，向西北而行。

周伯通道：「老毒物果然賣的好臭蟲藥。你要我做甚麼，說出來罷。」歐陽鋒道：「三位先請到艙中換了乾衣，用食休息。賭賽之事，慢慢再說不遲。」

周伯通甚是心急，叫道：「不成，不成，你得馬上說出來。慢吞吞的又賣甚麼關子？你若把老頑童悶死了，那是你自己吃虧，可不關我事。」歐陽鋒笑道：「既是如此，伯通兄請隨我來。」

那桅桿隔在二人之間，熊熊燃燒。歐陽鋒蛇杖一擺，隔著桅桿戳將過來。洪七公也從腰間拔出竹棒，揮棒還擊。兩人這時各使器械，攻拒拚鬥，更加猛惡。

# 第二十回　九陰假經

洪七公與郭靖見歐陽鋒叔姪領周伯通走入後艙，逕行到前艙換衣。四名白衣少女過來服侍。洪七公笑道：「老叫化可從來沒享過這個福。」把上下衣服脫個精光，一名少女為他用乾布揩拭。郭靖脹紅了臉，不敢脫衣。洪七公笑道：「怕甚麼？還能吃了你麼？」兩名少女上來要替他脫靴解帶，郭靖忙除下靴襪外衫，鑽入被窩，換了小衣。洪七公哈哈大笑，那四名少女也格格直笑。

換衣方畢，兩名少女走進艙來，手托盤子，盛著酒菜白飯，說道：「請兩位爺胡亂用些。」洪七公揮手道：「你們出去罷，老叫化見了美貌的娘兒們吃不下飯。」衆少女笑著走出，帶上艙門。洪七公拿起酒菜在鼻邊嗅了幾嗅，輕聲道：「別吃的好，老毒物鬼計多端，只吃白飯無礙。」拔開背上葫蘆的塞子，骨都骨都喝了兩口酒，和郭靖各自扒了三大碗飯，把幾碗菜都倒在船板之下。郭靖低聲道：「不知他要周大哥做甚麼事。」洪七公道：「決不能是好事。這一下老頑童一定大大不妙。」

艙門緩緩推開，一名少女走到門口，說道：「周老爺子請郭爺到後艙說話。」郭靖向師父望了一眼，隨著那少女走出艙門，從左舷走到後梢。那少女在後艙門上輕擊三下，待了片刻，推開艙門，輕聲道：「郭爺到。」

郭靖走進船艙，艙門就在他身後關了，艙內並無一人。他正覺奇怪，左邊一扇小門忽地推開，歐陽鋒叔姪走了進來。郭靖道：「周大哥呢？」歐陽鋒反手關上小門，踏上兩步，一伸手，已抓住了郭靖左腕脈門。這一抓快捷無比，郭靖又萬料不到他竟會突然動武，腕上就如上了一道鐵箍，動彈不得。歐陽克袖中鐵扇伸出，抵在郭靖後心要穴。

郭靖登時胡塗了，呆在當地，不知他叔姪是何用意。歐陽鋒冷笑道：「老頑童跟我打賭輸了，我叫他做事，他卻不肯。」郭靖道：「嗯？」歐陽鋒道：「我叫他把九陰眞經默寫出來給我瞧瞧，那老頑童竟說話不算數。」郭靖心想：「周大哥怎肯把眞經傳給你？」問道：「周大哥呢？」歐陽鋒冷笑一聲，道：「他曾言道，若不願依我的話辦事，就跳在大海裏餵鯊魚。哼，總算他也是個響噹噹的人物，這句話倒沒賴。」郭靖大吃一驚，叫道：「他……他……」拔足要待奔向艙門。歐陽鋒手上一緊，郭靖便即停步。歐陽克微微使勁，扇端觸得郭靖背上「至陽穴」一陣酸麻。

歐陽鋒向桌上的紙墨筆硯一指，說道：「當今之世，只有你知道眞經全文，快寫下來罷。」郭靖搖了搖頭。歐陽克笑道：「你和老叫化剛才所吃的酒菜之中，都已下了毒藥，若不服我叔父的獨門解藥，六個時辰後毒性發作，就像海裏的那些鯊魚般死了。只要你好好寫出來，自然饒了你師徒二人性命。」郭靖暗暗心驚：「若非師父機警，已著了他們道兒。」瞪眼瞧著歐陽鋒，心想：「你是武學大宗師，竟使這些卑鄙勾當。」

歐陽鋒見他沉吟不語，說道：「你已把經文牢牢記在心中，寫了出來，於你絲毫無損，又有甚麼遲疑？」郭靖凜然道：「你害了我義兄性命，我跟你仇深似海！你要殺便殺，想要我屈從，那叫做痴心妄想！」歐陽鋒哼了一聲，道：「好小子，倒有骨氣！你不怕死，連你師父性命也不救麼？」

郭靖尚未答話，忽聽得身後艙門喀喇一聲巨響，木板碎片紛飛。歐陽鋒回過頭來，只見洪七公雙手各提木桶，把兩桶海水猛潑過來，眼見兩股碧綠透明的水柱筆直飛至，勁力著實凌厲，歐陽鋒雙足力登，提了郭靖向左躍開，左手仍緊緊握住他腕上脈門。

只聽得劈劈兩聲，艙中水花四濺，歐陽克大聲驚呼，已給洪七公抓住後領，提了過去。洪七公哈哈大笑，說道：「老毒物，你千方百計要佔我上風，老天爺總是不許！」歐陽鋒見姪兒落入他手，當即笑道：「七兄，又要來伸量兄弟的功夫麼？咱們到了岸上再打不遲。」洪七公笑道：「你跟我徒兒這般親熱幹甚麼？拉著他的手不放。」

歐陽鋒道：「我跟老頑童賭賽，是我贏了不是？你是中證不是？老頑童不守約言，我只唯你是問，可不是？」洪七公連連點頭，道：「那不錯。老頑童呢？」郭靖傷心難受，搶著道：「周大哥給他……給他逼著跳海死了。」洪七公一驚，提著歐陽克躍出船艙，四下眺望，一片黑暗之中，唯見大海中波濤起伏，不見周伯通蹤影。

歐陽鋒牽著郭靖的手，也一起走上甲板，鬆開了手，說道：「郭賢姪，你功夫還差得遠呢！人家這麼一伸手，你就聽人擺佈。去跟師父練上十年，再出來闖江湖罷。」郭靖記掛周伯通的安危，也不理會他譏嘲，爬上桅桿，四面瞭望。

洪七公提起歐陽克向歐陽鋒擲去，喝道：「老毒物，你逼死老頑童，自有全眞教道士跟你算帳。你武功再強，也未必擋得住全眞七子圍攻。」歐陽克不等身子落地，右手拍落，已借力站直身子，暗罵：「臭叫化，明天這時刻，你身上毒發，就要在我跟前爬著叫救命啦。」歐陽鋒微微一笑，道：「那時你這中證可也脫不了干係。」洪七公道：「好啊，到時候我打狗棒棒打落水狗。」歐陽鋒雙手一拱，進了船艙。

郭靖望了良久，四下裏星月無光，波濤上偶有白浪，此外一無所見，只得落到甲板，把歐陽鋒逼他寫經的事對師父說了。洪七公點點頭，並不言語，尋思：「老毒物做事向來鍥而不捨，不得眞經，決不罷休，我這徒兒可要給他纏上了。」郭靖想起周伯通喪命，放聲大哭。洪七公也心中淒然，眼見坐船向西疾駛，再過一天，就可望得到陸地。他怕歐陽鋒又在飲食中下毒，逕到廚房中去搶奪了一批飯菜，與郭靖飽餐一頓，倒頭呼呼大睡。

歐陽鋒叔姪守到次日下午，眼見已過了八九個時辰，洪七公師徒仍無動靜。歐陽鋒倒擔心起來，只怕兩人毒發之後，要強不肯聲張，毒死老叫化正合心意，毒死郭靖可就糟了，無法從黃藥師、全眞教手裏取經，九陰眞經從此失傳，到門縫中偷偷張望，見兩人好好地坐著閒談，洪七公話聲響亮，中氣充沛，心道：「定是老叫化機警，沒中到毒。」他毒物雖多，但要只毒洪七公而不及郭靖，一時倒也苦無善策。

洪七公正向郭靖談論丐幫的所作所爲，說到丐幫的幫衆雖以乞討爲生，卻行俠仗義，救苦解難，爲國爲民，爲善決不後人，不過做了好事，卻儘量要不爲人知。他又說到選立丐幫幫主繼承人的規矩，說道：「可惜你不愛做叫化，否則似你這般人品，我幫中倒還沒人及得上，我這根打狗棒非傳給你不可。」正說得高興，忽聽得船艙壁上錚錚錚錚，傳來一陣斧鑿之聲。

洪七公跳起身來，叫道：「不好，賊廝鳥要鑿沉了船。」搶到艙口，向郭靖叫道：「快搶船後的小舢舨。」一言甫畢，通的一聲，板壁已給鐵椎椎破，只聽得嗤嗤嗤一陣響，湧進來的不是海水，卻是數十條蝮蛇。洪七公笑罵：「老毒物用蛇攻！」右手連揚，擲出鋼針，數十條蝮蛇都給釘在船板之上，痛得吱吱亂叫，身子扭曲，已遊動不得。郭靖心想：「蓉兒雖然也會這滿天花雨擲金針的本事，比起師父來卻差得遠了。」跟著缺口中又湧了數十條蝮蛇進來。洪七公射出鋼針，進來的蝮蛇又盡數釘死在地。卻聽得驅蛇的木笛聲噓噓不絕，蛇頭晃動，愈來愈多。

洪七公殺得性起，大叫：「老毒物給我這許多練功的靶子，眞再好也沒有。」探手入囊，又抓了一把鋼針，卻覺所賸的鋼針已寥寥無幾，心中一驚，眼見毒蛇源源不絕，正自思索抵禦之法，忽聽喀喇猛響，兩扇門板直跌進艙，一股掌風襲向後心。

郭靖站在師父身側，但覺掌風凌厲，不及回身，先自雙掌併攏，回了一招，只覺來勢猛惡，竭盡平生之力，這才抵住。歐陽鋒見這一掌居然推不倒他，咦了一聲，微感驚訝，上步反掌橫劈。郭靖知道再難硬架擋開，左掌引帶，右手欺進，逕攻歐陽鋒左脅。歐陽鋒這掌不敢使老了，沉肩回掌，往他手腕斬落。郭靖見處境危急，只要給歐陽鋒守住艙門，毒蛇便不斷湧進，自己與師父必致無倖，左手奮力抵擋來招，右手著著搶攻。他左擋右進，左守右攻，使出周伯通所授的功夫來。歐陽鋒從未見過這般左右分心搏擊的拳路，手腳不禁慢了，竟讓郭靖連搶數招。講到眞實功夫，就算眞有兩個郭靖，以二敵一，也不是歐陽鋒對手，但他這套武功實在太奇，竟爾出敵不意，數招間居然佔了上風。西毒歐陽鋒享大名數十年，究是武學大宗師，一怔之下，已想到應付法門，「咕」的一聲大叫，雙掌齊推而出。郭靖單憑左手，萬萬抵擋不住，眼見要給他逼得向後急退，而身後蛇羣已嘶嘶大至。

洪七公大叫：「妙極，妙極！老毒物，你連我小徒兒也打不過，還逞甚麼英雄豪強？」縱身「飛龍在天」，從兩人頭頂飛躍而過，飛腳把擋在前面的歐陽克踢了個觔斗，回臂一個肘槌，撞向歐陽鋒後心。歐陽鋒斜身還招，逼迫郭靖的掌力郤因而消解。

郭靖心想：「師父與他功力悉敵，他姪兒現下已非我對手，何況他傷勢未愈，以二敵二，我方必贏無疑。」精神一振，拳腳如狂風暴雨般往歐陽鋒攻去。洪七公激鬥之際眼觀六路，見十餘條蝮蛇已遊至郭靖身後，急叫：「靖兒，快出來！」手上加緊，把歐陽鋒的招數盡數接了過去。

歐陽鋒腹背受敵，頗感吃力，側過身子，任由郭靖出艙，與洪七公再拆數招，成百條蝮蛇已遊上甲板。洪七公罵道：「打架要畜生做幫手，不要臉。」但見蝮蛇愈湧愈多，心中也是發毛，右手舞起打狗棒，打死了十餘條蝮蛇，一拉郭靖，奔向主桅。

歐陽鋒暗叫：「不好！這兩人躍上了桅桿，一時就奈何他們不得。」飛奔過去阻攔。洪七公猛劈兩掌，風聲虎虎，歐陽鋒橫拳接過。郭靖又待上前相助。洪七公叫道：「快上桅桿。」郭靖道：「我打死他姪兒，給周大哥報仇。」洪七公急道：「蛇！蛇！」郭靖見前後左右都已有毒蛇遊動，不敢戀戰，反手接住歐陽克擲來的一枚飛燕銀梭，高縱丈餘，左手已抱住了桅桿，只聽得身後暗器風響，順手將接來的銀梭擲出。噹的一聲，兩枚銀梭在空中相碰，飛出船舷，都落入海中去了。郭靖雙手交互攀援，頃刻間已爬到了桅桿中段。

歐陽鋒知道洪七公也要上桅，出招越來越緊。洪七公雖仍穩持平手，但要抽身上桅，卻也不能。郭靖見蛇羣已逼至師父腳下，情勢已急，大叫一聲，雙足抱住桅桿，身子直溜下來。郭靖喝過大量朱紅蟒蛇的藥血，身上藥氣甚盛，衆蝮蛇聞到他身上藥氣，紛紛避開，不敢近他身子。洪七公得到空隙，左足一點，人已躍起，右足踢向歐陽鋒面前。郭靖抓住師父手中竹棒，向上力甩，洪七公的身子直飛起來，長笑聲中，左手已抓住了帆桁，掛在半空，反而在郭靖之上。

這一來，兩人居高臨下，頗佔優勢。歐陽鋒見若爬上仰攻，必定吃虧，大聲叫道：「好呀，咱們耗上啦。轉舵向東！」風帆側過，座船向東而駛。主桅腳下放眼皆青，密密麻麻的都是毒蛇。

洪七公坐在帆桁之上，口裏大聲唱著乞兒討錢的「蓮花落」，神態得意，心中卻大為發愁：「在這桅桿上又躲得幾時？縱使老毒物不砍倒桅桿，只要蛇陣不撤，就不能下去，他爺兒倆在下面飲酒睡覺，我爺兒倆卻在這裏喝風撒尿！不錯！」他一想到撒尿，立時拉開褲子，往下直撒下去，口中還叫：「靖兒，淋尿給直娘賊喝個飽。」郭靖是小孩性子，正合心意，跟著師父大叫：「請啊，請啊！」師徒二人同時向下射尿。

歐陽鋒躍開數步，他身法快捷，洪郭二人的尿自然淋不到他。歐陽克一怔之際，臉上頸中卻已濺著了數點。他最是愛潔，勃然大怒。

洪七公取出火摺，打著了火，撕下一塊帆布，點著了火，一團烈火向下擲去。歐陽克大叫：「快撤蛇陣！」木笛聲中，蛇羣緩緩後撤，但桅桿下已有數十條蝮蛇為火燒到。這些蝮蛇毒性猛烈，但生性極怕火燄，痛得亂翻亂滾，張口互咬，衆蛇夫約束不住。

洪七公和郭靖見諸人大為忙亂，樂得哈哈大笑。郭靖心想：「倘若周大哥在此，必定更加高興。唉！他絕世武功，卻喪生於大海之中。黃島主和老毒物這般本事，周大哥的尿卻能淋到他二人頭上，我和師父的尿便淋不到老毒物了。」

過了兩個時辰，天色全黑。歐陽鋒命船上衆人都坐在甲板上歡呼暢飲，酒氣肉香，一陣陣衝上。歐陽鋒這記攻勢絕招當眞厲害，洪七公是極饞之人，如何抵受得了？片刻之間，就把背上葫蘆裏盛的酒都喝乾了。當晚兩人輪流守夜，但見甲板上數十人手執燈籠火把，押著蛇羣團團圍住桅桿，無隙可乘，身上火摺也已燃盡。洪七公把歐陽鋒祖宗十八代罵了個遍，還憑空揑造無數醜事，加油添醬，罵得惡毒異常。歐陽鋒卻在艙中始終不出。洪七公罵到後來，已無新意，唇疲舌倦，也就合眼睡了。

次日淸晨，歐陽鋒派人在桅桿下大叫：「洪幫主、郭小爺，歐陽老爺整治了上等酒席，請兩位下來飲用。」洪七公叫道：「你叫歐陽鋒來，咱們請他吃屎。」過不多時，桅桿下開了一桌酒席，飯菜熱騰騰的直冒熱氣。席邊放了兩張坐椅，似是專等洪郭二人下來食用。洪七公幾次想要溜下桅桿去搶奪，但想酒食之中定有毒藥，只得強自忍耐，無可奈何之餘，又是「直娘賊，狗廝鳥」的胡罵一通。

到得第三日上，兩人又餓又渴，頭腦發暈。洪七公道：「但教我那個女徒兒在此，她聰明伶俐，定有對付老毒物的法子。咱爺兒倆可只有乾瞪眼、流饞涎的份兒。」郭靖嘆了口氣。挨到將近午時，陽光正烈，突見遠處有兩點白影。他只當是白雲，也不以為意，那知白影移近甚速，越飛越大，啾啾啼鳴，卻是兩頭白鵰。

郭靖大喜，運起內力，連聲長嘯。兩頭白鵰飛到船頂，打了兩個盤旋，俯衝下來，停在郭靖肩上，正是他在大漠中養伏了的那兩頭猛禽。郭靖喜道：「師父，莫非蓉兒也乘了船出來？」洪七公道：「那妙極了。只可惜鵰兒太小，負不起咱師徒二人。咱們困在這裏無計可施，你快叫她來作個計較。」郭靖拔出金刀，割了兩塊五寸見方的船帆，用刀尖在布上劃了「有難」兩字，下角劃了一個葫蘆的圖形，每隻白鵰腳上縛了一塊，對白鵰說道：「快快飛回，領蓉姑娘來此。」兩頭白鵰在郭靖身上挨擠了一陣，齊聲長鳴，振翼高飛，在空中盤旋一轉，向西沒入雲中。

白鵰飛走之後不到一個時辰，歐陽鋒又在桅桿下布列酒菜，勸誘洪七公與郭靖下來享用。洪七公怒道：「老叫化最愛的就是吃喝，老毒物偏生瞄準了來折磨人。我一生只練外功，抵禦酒菜的定力可就差了點兒。靖兒，咱們下去打他個落花流水再上來，好不好？」郭靖道：「白鵰既已帶了信去，情勢必能有變。您老人家且再等一等。」

洪七公一笑，過了一會，道：「天下味道最不好的東西，你道是甚麼？」郭靖道：「我不知道，是甚麼？」洪七公道：「有一次我到極北苦寒之地，大雪中餓了八天，松鼠固然找不到，到後來連樹皮也尋不著了。我在雪地泥中亂挖亂掘，忽然掘到了五條活的東西，老叫化幸虧這五條東西救了一命，多挨了一天。第二日就打到了一隻黃狼，飽啖了一頓。」郭靖道：「那五條東西是甚麼？」洪七公道：「是蚯蚓，肥得很。生吞下肚，不敢咬嚼。」郭靖想起蚯蚓蠕蠕而動的情狀，不禁一陣噁心。

洪七公哈哈大笑，儘揀天下最髒最臭的東西來說，以抵禦酒肉香氣。他最後道：「靖兒，現下若有蚯蚓，我也吃了，但有一件最髒最臭之物，老叫化寧可吃自己的腳趾頭，卻也不肯吃它，你道是甚麼？」郭靖笑道：「我知道啦，是臭屎！」洪七公搖頭道：「還要髒。」他聽郭靖猜了幾樣，都未猜中，大聲說道：「我對你說，天下最髒的東西，是西毒歐陽鋒身上的爛肉。」郭靖大笑，連說：「對，對！」

挨到傍晚，實在挨不下去了，郭靖溜下桅桿，揮金刀斬落兩條毒蛇的頭，餘蛇聞到他身上藥氣，紛紛避開。郭靖又追上去再斬死兩條，拿了四條沒頭的死蛇，爬上桅桿，撕下蛇皮，和洪七公兩人咬嚼生蛇肉，居然吃得津津有味。

歐陽克站在蛇羣之中，笑道：「洪伯父、郭世兄，家叔但求郭世兄寫出九陰眞經來一觀，別無他意。」洪七公低聲怒罵：「直娘賊，就是不安好心！」急怒之中，忽生奇策，臉上不動聲色，朗聲罵道：「小賊種，老子中了你狗叔父的詭計，認輸便了。快拿酒肉來吃，明天再說。」歐陽克大喜，知他言出如山，當即撤去蛇陣。洪七公和郭靖溜下桅桿，走進艙中。歐陽克命人整治精美菜肴，送進船艙。

洪七公關上艙門，骨都骨都喝了半壺酒，撕了半隻雞便咬。郭靖低聲道：「這次酒菜裏沒毒麼？」洪七公道：「傻小子，那廝鳥要你寫經與他，怎能害你性命？快吃得飽飽地，咱們另有計較。」郭靖心想不錯，一口氣扒了四大碗飯。

洪七公酒酣飯飽，伸袖抹了嘴上油膩，湊到郭靖耳邊輕輕道：「老毒物要九陰眞經，你寫一部九陰假經與他。」郭靖不解，低聲問道：「九陰假經？」

洪七公笑道：「是啊。九陰眞經到底是怎樣，你愛怎麼寫就怎麼寫，黃藥師手中雖有眞經，也決不會借給他去核對眞假。下卷的頭上幾句他姪兒或許背得出，你別寫錯。他見頭上的不錯，以爲後面的也必不錯，你偏偏將後面的經文亂改一氣，教他照著練功，那就練一百年也只練成個屁！」郭靖心中一樂，暗道：「這一著眞損，老毒物要上大當。」但轉念一想，說道：「歐陽鋒武學湛深，又機警狡猾，弟子胡書亂寫，必定讓他識破，這便如何？」

洪七公道：「你可要寫得似是而非，三句眞話，夾半句假話，逢到練功的秘訣，卻給他增增減減，經上說一的，你給他改成九，說九的改成一，二變八，三變七，四變六，五變十，倒轉來也照改，老毒物再機靈，也決不能瞧出來。我寧可七日七夜不飲酒不吃飯，也要瞧瞧他老毒物練九陰假經的模樣。」說到這裏，不覺吃吃的笑了出來。郭靖笑道：「他若照著假經練功，不但虛耗時日，勞而無功，只怕反而身子受害。」洪七公笑道：「你快好好想一下如何竄改，只要他起了絲毫疑心，那就大事不成了。」又道：「那下卷經文的前幾頁，歐陽克這小畜生在桃花島上讀了或許還記得，那就不可多改。然而稍稍加上幾個錯字，諒那小畜生也分辨不出。」

郭靖默想眞經的經文，思忖何處可以顚倒黑白，淆亂是非，何處又可以改靜成動，移上作下，那也不是要他自做文章，只不過依照師父所傳訣竅，將經文倒亂一番而已。上變爲下、下改爲上、前變後、後變前、胸變腹、手變腳、天變地，照式而改，第二遍再寫也不會錯了。經中說「手心向天」，可以改成「腳底向天」，「腳踏實地」不妨改成爲「手撐實地」，經中說是「氣凝丹田」，大可改成「氣凝胸口」，想到得意之處，不禁嘆了一口長氣，心道：「這般捉弄人的事，蓉兒和周大哥都最喜愛，只可惜一則生離，一則死別，蓉兒尚有重聚之日，周大哥卻永遠聽不到我這捉狹之事了。」

次日早晨，洪七公大聲對歐陽克道：「老叫化武功自成一家，九陰眞經就放在面前，也不屑瞧它一眼。只有不成材的厮鳥，自己功夫不成，才巴巴的想偷甚麼眞金眞銀，王重陽與黃藥師當年得了眞經，又何嘗去練經中功夫？做人有沒出息，是不是英雄好漢，分別就在於此。對你狗叔父說，眞經就寫與他，叫他去閉門苦練，練成後再來跟老叫化打架。眞經自然是好東西，可是我就偏偏不放在眼裏。瞧他得了眞經，能不能奈何得了老叫化。他去苦練九陰眞經上的武功，本門功夫自然便荒廢了，一加一減，到頭來還不是跟老叫化半斤八兩？這叫作脫褲子放屁，多此一舉。」

歐陽鋒站在艙門之側，這幾句話聽得清清楚楚，心中大喜，暗想：「老叫化向來自負，果然不錯，正因如此，才答允把經給我。否則以他寧死不屈的性兒，蛇陣雖毒，肚子雖餓，他吃吃生蛇，也可挨得下去，卻也難以逼得他就範。」

歐陽克道：「洪伯父此言錯矣！家叔武功已至化境，洪伯父如此本領，卻也贏不了家叔一招半式，他又何必再學九陰眞經？家叔常對小姪言道，他深信九陰眞經浪得虛名，譁衆欺人，否則王重陽當年得了九陰眞經，爲甚麼又不見有甚麼驚世駭俗的武功顯示出來？家叔發願要指出經中的虛妄浮誇之處，好教天下武學之士盡皆知曉，這眞經有名無實，謬誤極多，不必拚了命去爭奪。這豈非造福武林的一件盛舉麼？」

洪七公哈哈大笑，道：「你瞎吹甚麼牛皮！靖兒，把經文默寫給他瞧。倘若老毒物眞能指得出九陰眞經中有一兩個錯處，老叫化給他磕頭。」

郭靖應聲而出。歐陽克將他帶到大艙之中，取出紙筆，自己在旁研墨，供他默寫。

郭靖沒讀過多少書，書法拙劣生疏，又須思索如何竄改經中文字，寫得極爲緩慢，時時不知一個字如何寫法，要請歐陽克指點，寫到午時，上卷經書還只寫了一小半。上卷經文歐陽克沒讀過，儘可大改。郭靖寫一張，歐陽克就拿一張去交給叔父。

歐陽鋒看了，每一段文義都難以索解，但見經文言辭古樸，料知含意深遠，日後回到西域慢慢參研，以自己之聰明才智，必能推詳透徹，數十年心願一旦得償，不由得心花怒放。他見郭靖儍頭儍腦，寫出來的字彎來扭去，十分拙劣，自然揑造不出如此深奥的經文；又聽姪兒言道，有許多字郭靖只知其音，不知寫法，還是姪兒教了他的，那自是眞經無疑。卻那裏想得到這儍小子受了師父之囑，竟已把大部經文胡亂改動？至於經文中最後那段咒語般的怪文，誰都不明其義，洪七公怕是西域外國文字，歐陽鋒是西域人，或能識得，叫郭靖不可改動，以免亂改之下，給歐陽鋒瞧出了破綻。

郭靖筆不停揮的寫到天黑，書寫將完，歐陽克守在旁邊，郭靖寫一張，他拿一張，即刻去交給叔父。歐陽鋒不敢放郭靖回艙，生怕洪七公忽爾改變主意，突起留難，縱然大半部經文已然到手，總是殘缺不全，安排了豐盛酒飯，留郭靖繼續書寫。

洪七公等到戌末亥時，未見郭靖回來，頗不放心，生怕僞造經文爲歐陽鋒發覺，傻徒弟可要吃虧，這時甲板上的蛇陣早已撤去，他悄悄溜出艙門，見兩名蛇夫站在門旁守望。洪七公向左虛劈一掌，呼的一響，掌風帶動帆索。兩名蛇夫齊向有聲處張望，洪七公早已在右邊竄出。他身法何等快捷，眞是人不知，鬼不覺，早已撲向右舷。

大艙窗中隱隱透出燈光，洪七公到窗縫中張望，見郭靖正伏案書寫，兩名白衣少女在旁沖茶添香，研墨拂紙，服侍周至。歐陽克守候在旁。

洪七公放下了心，只覺酒香撲鼻，定睛看時，見郭靖面前放著一杯琥珀色的陳酒，艷若胭脂，芳香襲人。洪七公暗罵：「老毒物好不勢利，我徒兒寫經與他，他便以上佳美酒款待，給老叫化喝的卻是尋常水酒。」他是天下第一饞人，世間無雙酒徒，既見有此美酒，不飲豈肯罷休？心道：「老毒物的美酒必定藏在艙底，我且去喝他個痛快，再在酒桶裏撒一泡尿，叫他嘗嘗老叫化的臊味。就算我那傻徒兒慘受池魚之殃，誤飲了老叫化的臭尿，那也毒不死他。」

想到此處，不禁得意微笑。偷酒竊食，原是他的拿手本領，當年在臨安皇宮御廚樑上一住三月，皇帝所吃的酒饌每一件都由他先行嘗過。皇宮中警衛何等森嚴，他都來去自如，旁若無人，到艙底偷些酒吃，當眞何足道哉。躡步走到後甲板，眼望四下無人，輕輕揭開下艙蓋板，溜了下去，將艙板托回原位，嗅得幾嗅，早知貯藏食物的所在。

船艙中一團漆黑，他憑著菜香肉氣，摸進糧艙，晃亮火摺，果見壁角豎立著六七隻大木桶。洪七公大喜，找到一隻缺口破碗，吹滅火摺，放回懷裏，這才走到桶前，伸手搖了搖，甚是沉重，桶中裝得滿滿地。他左手拿住桶上木塞，右手伸碗去接，待要拔去塞子，忽聽得腳步聲響，有兩人來到了糧艙之外。

那兩人腳步輕捷，洪七公知道定是歐陽鋒叔姪，船上別人無此功夫，心想他倆深夜到糧艙中來，必有鬼計，多半要在食物中下毒害人，縮在木桶之後，蜷成一團。只聽得艙門輕輕開了，火光閃動，兩人走了進來。

洪七公聽兩人走到木桶之前站定，心道：「他們要在酒裏下毒？」只聽歐陽鋒道：「經已寫完，大功告成。各處艙裏的油柴硫磺都安排齊備了？」歐陽克笑道：「都齊備了，只要一引火，這艘大船轉眼就化灰燼，這次可要把臭叫化烤焦啦。」洪七公大吃一驚：「他們要燒船？」只聽歐陽鋒又道：「咱們再等片刻，待那姓郭的小子睡熟了，你先下小艇去，千萬小心，別讓老叫化知覺。我到這裏來點火。」歐陽克道：「那些姬人和蛇夫怎麼安排？」歐陽鋒冷冷的道：「臭叫化是一代武學大宗師，總得有些人殉葬，才合他身分。」

兩人說著即行動手，拔去桶上木塞，洪七公只覺油氣衝鼻，原來桶裏盛的都是桐油菜油。歐陽叔姪又從木箱裏取出一包包硫磺，將木柴架在上面，大袋木屑、刨花，也都倒了出來。過不多時，艙中油已沒脛，兩人轉身走出，只聽歐陽克笑道：「叔叔，再過一個時辰，那姓郭的小子葬身海底，世上知曉九陰眞經的，就只你老人家一個啦。」歐陽鋒道：「不，有兩個。難道我不傳你麼？還有個黃藥師，也知眞經，咱們日後想個甚麼法兒，倏機送他歸天。」歐陽克大喜，說道：「叔叔，咱們去把經文用油紙、油布包好，外面再熔了白蠟澆上，免得讓海水浸壞了。」兩人出去，反手帶上了艙門。

洪七公驚怒交集，若不是鬼使神差的下艙偷酒，怎能知曉這二人的毒計？烈火驟發，大海之上，又怎能逃脫劫難？聽得二人走遠，悄悄摸出，回到自己艙中，見郭靖已經躺在床上睡著，正想叫醒他共商應付之策，忽聽門外微微一響，知歐陽鋒來察看自己有否睡熟，便大聲叫道：「好酒啊好酒！再來十壺！」

歐陽鋒一怔，心想老叫化還在飲酒，只聽洪七公又叫：「老毒物，你我再拆一千招，分個高下。唔，唔，好小子，行行！」歐陽鋒站了一陣，聽他胡言亂語，前後不貫，才知是說夢話，心道：「臭叫化死到臨頭，還在夢中喝酒打架。」

洪七公嘴裏瞎說八道，側耳傾聽艙外的動靜，歐陽鋒輕功雖高，但走向左舷的腳步聲仍讓他聽了出來。他湊到郭靖的耳邊，輕推他肩膀，低聲道：「靖兒！」郭靖驚醒，「嗯」了一聲。洪七公道：「你跟著我行事，別問原因。現下悄悄出去，別讓人瞧見。」

郭靖一骨碌爬起。洪七公緩緩推開艙門，一拉郭靖衣袖，走向右舷。他怕給歐陽鋒發覺，不敢逕往後梢，左手攀住船邊，右手向郭靖招了招，身子掛到了船外。郭靖心中奇怪，不敢出聲相詢，也如他一般掛了出去。洪七公十指抓住船邊，慢慢往下遊動，眼注郭靖，只怕船邊滑溜，他失手跌入海中，可就會發出聲響。

船邊本就油漆光滑，再加上一來濡濕，二來向內傾側，三來正在波濤之中起伏晃動，如此向下遊動，實非易事。幸好郭靖曾跟馬鈺日夜上落懸崖，近來功力又已大進，手指抓住船邊的鐵釘木材，或是插入船身上填塞裂縫的油灰絲筋之中，竟穩穩的溜下。洪七公半身入水，慢慢摸向後梢，郭靖緊跟在後。

洪七公到了船梢，果見船後用繩索繫著一艘小艇，對郭靖道：「上小艇去！」手一鬆，身子已與大船分離。那船行駛正快，向前一衝，洪七公已抓住小艇的船邊，翻身入艇，悄無聲息，等到郭靖也入艇來，說道：「割斷繩索。」

郭靖拔出金刀一劃，割斷了艇頭的繫索，那小艇登時在海中亂兜圈子。洪七公扳槳穩住，只見大船漸漸沒入前面黑暗之中。突然間大船船尾火光一閃，歐陽鋒手中提燈，大叫了一聲，發現小艇已自不見，喊聲中又憤怒，又驚懼。洪七公氣吐丹田，縱聲長笑。

忽然間右舷處一艘輕舟衝浪而至，迅速異常的靠向大船，洪七公奇道：「咦，那是甚麼船？」語聲未畢，只見半空中兩頭白鵰撲將下來，在大船的主帆邊盤旋來去。輕舟中一個白衣人影一晃，已躍上大船。星光熹微中遙見那人頭頂心束髮金環閃了兩閃，郭靖低聲驚呼：「蓉兒！」

這輕舟中來的正是黃蓉。她將離桃花島時見到小紅馬在林中奔馳來去，忽地想起：「海中馬匹無用，那對白鵰卻可助我找尋靖哥哥。」吹唇作聲，召來了白鵰。鵰眼最是銳敏，飛行又極迅捷，在這茫茫大海之中，居然發見了郭靖的坐船。黃蓉在鵰足上見到郭靖寫的「有難」二字，又驚又喜，駕船由雙鵰高飛引路，鼓足了風帆趕來，但終究遲了一步，洪七公與郭靖已然離船。

她心中念念不忘的是「有難」二字，只怕遲了相救不及，見雙鵰在大船頂上盤旋，等不及兩船靠攏，相距不遠，便手提蛾眉鋼刺，躍上大船，正見歐陽克猶如熱鍋上螞蟻般團團亂轉。黃蓉喝問：「郭靖呢？你把他怎麼了？」

歐陽鋒已在艙底生了火，卻發見船尾小艇影蹤全無，不禁連珠價叫苦，只聽得洪七公的笑聲遠遠傳來，心想這回害人不成反而害己，正自惶急無計，忽然見到黃蓉的輕舟，急忙搶出，叫道：「快上那船！」那輕舟上的啞巴船夫個個是奸惡之徒，當黃蓉在船之時，受她威懾，不敢不聽差遣，一見她離船，正天賜良機，立即轉舵揚帆，遠遠逃開。

洪七公與郭靖望見黃蓉躍上大船，就在此時，大船後梢已冒起火頭。郭靖尚未明白，驚叫：「火，火！」洪七公道：「不錯，老毒物放火燒船，要燒死咱爺兒倆！」郭靖一呆，忙道：「快去救蓉兒。」洪七公道：「划近去！」郭靖猛力扳槳。那大船轉舵追趕輕舟，與小艇也漸靠近，甲板上男女亂竄亂闖，一片喧擾之聲。洪七公大聲叫道：「蓉兒，我和靖兒都在這兒，游水過來！游過來！」大海中波濤洶湧，又在黑夜，游水本極危險，但洪七公知黃蓉水性甚好，事在緊急，不得不冒此險。

黃蓉聽到師父聲音，心中大喜，不再理會歐陽鋒叔姪，轉身奔向船舷，縱身往海中躍去。突覺手腕上一緊，身子本已躍出，卻又給硬生生拉回，黃蓉大驚回頭，見抓住自己左腕的正是歐陽鋒，大叫：「放開我！」右手蛾眉鋼刺向他戳去。歐陽鋒左手在她腕上一敲，黃蓉五指酸麻，鋼刺拿揑不住，脫手落入大海。

歐陽鋒眼見那輕舟駛得遠了，再也追趕不上，座船大火沖天，船面上帆飛檣舞，亂成一團，轉眼就要沉沒，眼下唯一救星是在洪七公掌握中的那艘小艇，高聲叫道：「臭叫化，黃姑娘在我這裏，你瞧見了麼？」雙手挺起，將黃蓉舉在半空。

這時船上大火照得海面通紅，洪七公與郭靖看得清清楚楚，洪七公怒道：「他以此要挾，想上咱們小艇，哼！我去奪蓉兒回來。」郭靖見大船上火盛，道：「我也去。」洪七公道：「不，你守著小艇，莫讓老毒物奪去了。」郭靖應道：「是！」用力扳槳，此時大船已自不動，不多時小艇划近。洪七公雙足在艇首力蹬，向前飛出，左手探出，在大船邊上揷了五個指孔，借力翻身，躍上大船甲板。

歐陽鋒抓著黃蓉雙腕，獰笑道：「臭叫化，你待怎地？」洪七公罵道：「來來，再拆一千招。」颼颼颼三掌，向歐陽鋒劈去。

歐陽鋒迴過黃蓉的身子擋架，洪七公只得收招。歐陽鋒怕黃蓉身穿軟蝟甲，看準黃蓉後頸穴道，出指點中。她登時身子軟垂，動彈不得。洪七公喝道：「老毒物好不要臉，快把她放下艇去，我跟你在這裏決個勝負。」

當此之際，歐陽鋒怎肯輕易放人，見姪兒給火燄逼得不住退避，提起黃蓉向他拋去，叫道：「你們先下小艇！」歐陽克接住了黃蓉，見郭靖駕著小艇守候在下，心想小艇實在太小，自己手裏又抱著人，這一躍下去，小艇非翻不可，扯了一根粗索縛住桅桿，左手抱著黃蓉，右手拉著繩索，溜入小艇。

郭靖見黃蓉落艇，心中大慰，卻不知她已給點了穴道，火光中見師父與歐陽鋒打得激烈異常，掛念師父安危，也不及與黃蓉說話，抬起了頭凝神觀鬥。

洪七公與歐陽鋒各自施展上乘武功，在烈燄中一面閃避紛紛跌落的木桿繩索，一面拆解對方來招。這中間洪七公卻佔了便宜，他曾入海游往小艇，全身濕透，不如歐陽鋒那麼衣髮易於著火。二人武功本來難分軒輊，一方既佔便宜，登處上風。歐陽鋒不久便鬚髮俱焦，衣角著火，給逼得一步步退向烈燄飛騰的船艙，他要待躍入海中，但爲洪七公著著進迫，緩不出一步手腳，如硬要入海，身上不免中招。洪七公的拳勢掌風何等厲害，只要中了一招，受傷自必不輕，他奮力拆解，籌思脫身之策。

洪七公穩操勝算，愈打愈得意，忽然想起：「我若將他打入火窟，送了他性命，卻也無甚意味。他得了靖兒的九陰假經，若不修練一番，縱死也不甘心，這個大當豈可不讓他上？」哈哈一笑，說道：「老毒物，今日我就饒了你，上艇罷。」

歐陽鋒怪眼上翻，飛身躍入海中。洪七公跟著正要躍下，忽聽歐陽鋒叫道：「慢著，現下我身上也濕了，咱倆公公平平的決個勝敗。」拉住船舷旁垂下的鐵鍊，借力躍起，又上了甲板。洪七公道：「妙極，妙極！今日這一戰打得當真痛快。」拳來掌往，兩人越鬥越狠。

郭靖道：「蓉兒，你瞧那西毒好兇。」黃蓉給點中了穴道，做聲不得。郭靖又道：「我去請師父下來，好不好？那船轉眼要沉啦。」黃蓉仍不答。郭靖轉過頭來，見歐陽克正抓住她手腕，心中大怒，喝道：「放手！」

歐陽克好容易得以一握黃蓉的手腕，豈肯放下，笑道：「你一動，我就一掌劈碎她腦袋。」郭靖不暇思索，橫槳直揮。歐陽克低頭避過。郭靖雙掌齊發，呼呼兩響，往他面門劈去。歐陽克只得放下黃蓉，擺頭閃開來拳。郭靖雙拳直上直下，沒頭沒腦的打將過去。歐陽克見在小艇中施展不開手腳，敵人又一味猛攻，當即站起，一招「靈蛇拳」，橫臂掃去。郭靖伸左臂擋格，歐陽克手臂忽彎，騰的一拳，打中郭靖面頰。這拳甚是沉重。

郭靖給打得眼前金星亂冒，心想這當兒刻刻都是危機，必當疾下殺手，眼見他第二拳跟著打到，仍舉左臂擋架。歐陽克依樣葫蘆，手臂又彎擊過來，郭靖頭向後仰，右臂猛地向前推出。本來他既向後避讓，就不能同時施展攻擊，但他得了周伯通傳授，雙手能分別搏擊，左架右推，同時施爲。歐陽克的右臂恰好夾在他雙臂之中，給他左臂回收，右臂外推，急絞之下，喀的一聲，臂骨登時折斷。

歐陽克的武藝不在馬鈺、王處一、沙通天等人之下，不論功力招數，都高出郭靖甚多，但雙手分擊功夫武學中從所未見，是以兩次動手，都傷在這奇異招術之下。他手臂劇痛連心，一交跌倒，郭靖也不去理他死活，忙扶起黃蓉，見她身子軟軟的動彈不得，當即解開她給點中了的穴道。幸好歐陽鋒點她穴道之時，洪七公正出招攻擊，歐陽鋒全力提防，又忌憚黃蓉身穿軟蝟甲，要認準她頸中無軟蝟甲處的穴道而點，指上來不及運起內力，否則以西毒獨門的點穴手法，郭靖沒法解開。

黃蓉叫道：「快去幫師父！」

郭靖抬頭仰望大船，見師父與歐陽鋒正在火燄中飛舞來去，肉搏而鬥，木材焚燒的劈啪之聲，挾著二人的拳風掌聲，更顯得聲勢驚人，猛聽得喀喇喇一聲巨響，大船龍骨燒斷，折爲兩截，船尾給波濤衝得幾下，慢慢沉入海中，激起了老大漩渦。眼見餘下半截大船也將沉沒，郭靖提起木槳，使力將小艇划近，要待上去相助。

洪七公落水在先，衣服已大半給火烤乾，歐陽鋒身上卻尚濕淋淋地，這一來，西毒可又佔了北丐上風。洪七公奮力拒戰，絲毫不讓，斗然間一根著了火的桅桿從半空中墮將下來，二人急忙後躍。那桅桿隔在二人中間，熊熊燃燒。

歐陽鋒蛇杖擺動，隔著桅桿遞了過來，洪七公也從腰間拔出竹棒，還了一招。二人初時空手相鬥，這時各使器械，攻拒之際，更加猛惡。郭靖用力扳槳，掛懷師父的安危，但見到二人器械上神妙的家數，又不禁為之神往，讚嘆不已。

武學中有言道：「百日練刀、千日練槍、萬日練劍」，劍法原最難精。武學之士功夫練至頂峯，往往精研劍術，那時各有各的絕招，不免難分軒輊。多年前華山論劍（所謂「論劍」，只是虛稱，以最高雅的劍術泛指一切武功，猶如古人稱儒家的經典著作為「經」，如五經、六經、十三經，但後來諸子百家的著作也有叫做經，如《墨經》、《道德經》、《南華經》，宗教書也稱為「經」，如《蓮華經》、《地藏經》、《觀音經》，近代人的重要著作也有加以「經」字的，如說「馬列主義的經典作品」等），洪七公、歐陽鋒及餘人武功都甚高明，各有稱手兵刃。洪七公常用隨身攜帶的竹棒，這是丐幫中歷代幫主相傳之物，質地柔韌，比單劍長了一尺。洪七他是外家高手，武功本來純走剛猛路子，對此潛心鑽研之後，棒法剛中有柔，使將出來威力更增。

歐陽鋒那蛇杖中含有棒法、棍法、杖法的路子，招數繁複，自不待言，杖頭彫著個裂嘴而笑的人頭，面目猙獰，口中兩排利齒，上餵劇毒，舞動時宛如個見人即噬的厲鬼，只要一按杖上機括，人頭中便有歹毒暗器激射而出，若掀開杖頭鐵蓋，蓋下孔中鑽出兩條小小毒蛇纏杖盤旋，吞吐伸縮，在杖法中更加上了奇特招數，變幻無方。

二人杖棒相交，各展絕招。歐陽鋒在兵刃上雖佔便宜，但洪七公是天下乞丐之首，自是打蛇好手，竹棒使將開來，攻敵之餘，還乘隙擊打杖上毒蛇要害。歐陽鋒蛇杖急舞，令對方無法取得準頭，料知洪七公這等身手，杖頭暗器也奈何他不得，不如不發，免惹恥笑。洪七公另有一套丐幫號稱鎮幫之寶的「打狗棒法」，變化精微奇妙，心想此時未落下風，卻不必掏摸這份看家本領出來，免得他得窺棒法精要，此後華山二次論劍，便佔不到出其不意之利。

郭靖站在艇首，數度要想躍上相助師父，但見二人越鬥越緊，自己功力相差太遠，難以近身，空自焦急，卻無法可施。

射鵰英雄傳(大字版) / 金庸作. -- 二版.
-- 臺北市：遠流, 2017.10
冊； 公分. -- (大字版金庸作品集；9–16)

ISBN 978-957-32-8121-4 (全套：平裝).

857.9 106016840